生活因阅读而精彩

生活因阅读而精彩

THE
BEST
TIME
IS
MEETING
YOU

古保祥
著

遇见你，才是最好的时光

让所有人心动的爱情

中国华侨出版社

图书在版编目(CIP)数据

遇见你,才是最好的时光:让所有人心动的爱情/古保祥著.—北京:中国华侨出版社,2014.9 (2021.4重印)

　　ISBN 978-7-5113-4887-6

　　Ⅰ.①遇… Ⅱ.①古… Ⅲ.①散文集–中国–当代 Ⅳ.①I267

中国版本图书馆 CIP 数据核字(2014)第 209676 号

遇见你,才是最好的时光:让所有人心动的爱情

著　　者 / 古保祥
责任编辑 / 文　蕾
责任校对 / 孙　丽
经　　销 / 新华书店
开　　本 / 787 毫米×1092 毫米　1/16　印张/16　字数/236 千字
印　　刷 / 三河市嵩川印刷有限公司
版　　次 / 2014年10月第1版　2021年4月第2次印刷
书　　号 / ISBN 978-7-5113-4887-6
定　　价 / 45.00 元

中国华侨出版社　北京市朝阳区静安里 26 号通成达大厦 3 层　邮编:100028
法律顾问:陈鹰律师事务所
编辑部:(010)64443056　　64443979
发行部:(010)64443051　　传真:(010)64439708
网址:www.oveaschin.com
E-mail:oveaschin@sina.com

序

  老师说，一段文章至少要看三遍以上才能够回答下面的问题，否则你无法读懂文章的内涵，答出来的答案必定是错误的。

  文章需要看三遍，书至少要看上十遍才能够理解通彻，爱情要看上多少遍才能够明白爱的真谛呢？恐怕是一辈子吧。

  细想起来，读书与爱情竟然如此相通，这期间的况味值得细品一番。

  小时候看书，从来都是走马观花，可能与个人的脾气有关吧，看完后能够记下的情节少之又少，大抵是一些打架的细节，或者是男女主人公悲惨的爱情结局，骂作者胡乱编造，害自己一梦苍凉。现在想起来，恐怕爱情故事是迄今为止唯一的最精彩、最吸引人的书籍主题吧，第一遍时只知道感性，第二遍时便知道一些细节了，直至第十遍时，运用自如，原来主人公的爱情观念与自己如此相像，根本上就是可以当成典范了，于是，模仿起来，找一个可爱的女孩子，共叙或有或无的故事，然后便枕在爱的海洋里酣然入睡了。

爱情的第一年，春花秋月，冬暖夏凉，从来不知道疲倦，那时候的天空狭窄且自由，根本无从关注与自己有关的亲情或者人间烟火，等到有一天，她终于对你说道，我们或者该进入婚姻殿堂时，你才感觉到自己原来根本就没有准备好。

在你的疑惑中，爱情第二年开始了，就像一本书，被你无关痛痒地翻到了第二个章节，无论你想怎么退却，故事已经开始了，你看到的都是故事的过程，此时你才感觉到，爱情不过如此，浪漫却平淡，第二年里，你们学会了打架，学会了争吵柴米油盐，你更学会将自己的满脸涂黑，从厨房里像个小丑一样地走出来。

只是这世上，很少有人去十遍以上地品读一本书，很少或者根本也没有人去用一辈子时间审视、检讨、改进自己的爱情；书翻久了会烂页的，爱情久了也会受伤，我最大的梦想就是等老了、不中用了时，与自己的爱人一块儿收拾残缺的旧书，该修补的要修补。

目 录
CONTENTS

第一季
春季／那列开往心里的火车

开往我心的火车	003
为你做一件红嫁衣	006
像一地鸡毛飞舞的爱情	011
与谁共享这场空前绝后的爱情盛宴	018
总有一个人会在你的掌心跳舞	026
有些爱，永远不在服务区	034
原来你一直是单身	037
扣下一场漏洞百出的爱情	044

周瑜的第三节爱情火车　　　　　　047

珍惜自己不会爱　　　　　　　　　056

迟来的爱情订单　　　　　　　　　061

112路公共汽车上的爱情空位　　　067

爱如烟花情如梦　　　　　　　　　074

90度爱情，360度转身　　　　　　079

第二季
夏季／年华似水爱如烟

年华似水爱如烟	089
180 碗爱情水煮蛋	194
关于爱情的前世今生	100
找一个春天去爱你	108
天使飞过谁的眼	114
酝酿了十年的爱情	121
我曾是你的画中人	125
一只拖鞋对另一只拖鞋的怀念	130
夏日黄昏的玉兰花	136
种子是另一种微笑的花	143
生命里第一支爱情圆舞曲	150

第三季
秋季／天空曾有爱飞过

被你温柔地"算计"了	157
为爱情安排一只老鼠	165
我和青青走丢的青春岁月	171
十二月的凌楚楚	179
最蹩脚的情歌	186
花开十年	193
听见花开的声音	198
那一场被错过的风花雪月	203

第四季
冬季/原来有些树，不是不会开花

有些树，不是不会开花	211
十里长街的凤凰花	218
"谋划"爱情	224
错把流年暗偷换	231
剪碎多余的爱情之裳	236

第一季

春季—那列开往心里的火车

我仿佛看见一个女孩穿过长长的站台，飞奔着挤上前往东方的火车，所有的这些，我不知道，只有那阵风知道，那片云知道，那条长长的排椅知道。

　　是谁说的，爱也是一种理想，那列开向我心的火车，终究被我无情地辜负，却让我用尽一生的时光去收藏，永远地收藏。

开往我心的火车

那一年，我刚考入南开大学，在去天津的路上，我突然接到了孟华的短信，她在信中告诉我，她考上天津的一所技术学院，与南大没多远，她的短信明显有一种欢喜感，而我却突然陷入了悲哀。

说句实话，在整个高三里，我从未拿正眼看过她，我和她本来就是截然不同的两种风景，我害怕现实的无奈击碎残酷的梦境，所以，我一直躲避着她犀利的目光，在一次与同学的谈话中得知，她曾经在同学们中放过话，她要追到我，哪怕用尽一生的时光。

我本想到天津后，便可以甩开她凌厉的攻势，没想到，老天爷居然给我开了个致命的玩笑，她也去了天津。

第一个周六早上，同学告诉我大门口有人找我，门卫拦着不让进，我狐疑地到了门口，秋风中有她的身影，她一见面便告诉我：她减肥了，大概减了有十来斤，她没有说出为我的字样，但我感觉到她脸上有一种被灼热的绯红，便赶紧打断她的话语。

她说请我去外面转转，刚来天津，没有朋友，所以过来找我，她还告诉我每周六早上她都会准时在西大门等我，我无可奈何地点头，极不情愿地尾随着她转了好几条街，她兴奋不已，让我告诉她天津有哪些好玩的地方，她说想陪着我在四年里转遍这里所有的名胜古迹。

由于对她不咳嗽也不感冒，所以，接下来的两年时间里，我几乎一次都没有主动去她那所学院找过她，都是她高兴得像个孩子似的，周六一大早来找我，无论是刮风还是下雨，同学们都知道我有个女朋友，所以，女孩子对我都敬而远之，她们都不愿意当破坏别人感情的杀手。实际上，在感情上面，我一直孤苦伶仃地生存着，有时候，我真恨不得告诉孟华：求求你小姐，别缠着我好吗？我大好的青春年华，那么多漂亮的女生都等着我呢？但我无法破坏她的那份美意，爱一个人是没有罪过的。

直到三年后的一天，同系的一位同乡女孩开始追我，我也开始坠入莫名其妙、醉眼蒙眬的爱河里，她还是每周六一大早来找我，我爱理不理的，让同学们带信给她说我没空，让她回去吧。

终于有一次，她发现了我的秘密，当她望眼欲穿地看见我和一位漂亮的娉娉婷婷的女孩子手挽手、肩并肩坦坦然然地走在一起时，她的眼中充满了怨恨和惊恐，从未见过的疯狂和歇斯底里，她猛地冲向我，抬起手，我本打算接她一巴掌，也代表对她的愧疚，但她的手扬起来半天，然后将手轻轻地打在我的脸上，我看见她满脸的梨花带雨，一条条弯弯的小河冲刷着她涂满胭脂的脸，憔悴的脸，黑黑的脸，让我无地自容的脸。

自那以后，我再没见过她，我也自然而然地开始我的爱情生活，但好景不长，失恋接踵而至，让我有些措手不及，那夜，我喝了许多的酒后，突然想起那个天真可爱的小女孩，我打出租车来到她的宿舍，接待我的是一位长得和她一般高的女生。

我向她打听孟华，她告诉我，其实，她向你隐瞒了一个秘密，她根本不在这所学校，她也不在天津。

什么，我睁大自己的眼睛，她接着说，她考上的是郑州大学，因为喜欢你，她每周五晚上用一周省下的伙食费乘硬座在早晨四点左右赶到天津，你知道吗？她一个人在学校大门口等你的场景，那是怎样的一种煎熬呀，这一切值吗？我曾经不止一次地问她，但她说她命该如此，谁让她喜欢上了你，她心甘情愿将这份秘密为你保守，但你却负了她，你知道吗？那晚，她喝了将近一瓶的白酒，连夜买火车票返回了郑州，后来我才知道，她在火车上吐得乱七八糟，回去打了三天的点滴。三年呀，为自己心爱的人，有几个人能够做到这一切。

我简直不敢相信，我捶胸顿足，为自己的无知，为自己对她的伤害。

我在第二天早上买了前往郑州的火车票，等到我走进郑大时，却没有找到她的身影，她考上的是大专，是三年，已经毕业了，她回了老家，在遥远的四川，没有留下任何电话和联系方式，只留下一份无形的牵挂，让我怅惘一生。

我的眼角模糊着，泪眼蒙眬中，我仿佛看见一位女孩穿过长长的站台，飞奔着挤上前往东方的火车，所有的这些，我不知道，只有那阵风知道，那片云知道，那条长长的排椅知道。

是谁说的，爱也是一种理想，那列开向我心的火车，终究被我无情地辜负，却让我用尽一生的时光去收藏，永远地收藏。

为你做一件红嫁衣

那个下午,我真的说不清楚自己如何进入了那家叫作"一笑有缘"的书屋。

也许是这个莫名其妙的名字吧,我在猜想这里面的主人肯定会是一位穿着粉红衣服的女孩,要不然,绝对起不出如此浪漫的一个名字。

那个下午,很平凡,有风儿从身边吹过,我去车站接一位同学,由于火车晚点了,我便在火车站附近的店铺来回游荡打发余下的时光。

转悠了半天,我不知所以然,因为听许多校友都说过,火车站附近的店铺安全性很差,欺骗顾客的现象比比皆是,我是怀着一种不安的心进入那家书屋的。因为,除了这间铺面有些悠闲雅致的味道外,其余的,我实在找不出一丝浪漫的滋味。

一个女孩就坐在书桌的后面,看见我进来,她报以微笑,果然不出我的所料,她穿着一件粉红色的衣服,有些青春的味道。

她招呼我,我回答说随便看看,她便不再说话,令我感到奇怪的是,她一直坐在一个椅子上,连顾客来了也不起来招呼一下,我走到她的面前,她连忙从书上收回目光望着我问道:"我需要什么帮助吗?""小姐,你能不能介绍一下你们这里的目录。"我单刀直入,她很大方地回答我:"我们这里的书目主要分为科技类、文学类、法政类和……"她口若悬河地回答我,我打断了她的话："你能站起来，为我一一介绍吗？"她脸上出现了青春期特有的羞涩，说道："对不起，我不能站起来，因为……"

看着她的腿，我忽然觉得自己好混蛋，我连忙对她说："对不起，小姐，我不知道。"她笑着说："没什么，我习惯了。"

为了避免再次产生尴尬，我仓皇地逃了出来，后面是一阵银铃般的声音，"欢迎你常来"。

自此，我的心中总觉得有些过意不去，在一个弱小的女孩子面前，我觉得自己没有充当好一个男孩的角色，看到一朵好看的、却受了伤的花儿，不去保护她，相反却用恶语中伤她，这是任何男孩都不能容忍的情况，尤其我还自认为自己是一个经常"怜香惜玉"的角色。

于是，在另一个傍晚时分，我再次踏进了那家小小的书屋，同样的场景，同样的光线，同样的人物依次出场。女孩坐在桌子后面，一本书正摆在她的面前，看见我进来，她仍然先送出迷人的微笑。我走到她的面前，从背后拿出一大束的玫瑰送给她，看见有人送花给自己，女孩显然感到很惊讶，不过，继而她便大声说着谢谢，我对她说："对不起，上次是我不好，伤了你的自尊心，请原谅。"

她摇摇头，又点点头，把花放在身后的花瓶里，对我说："不要紧，我经常被人误会，但我的心是洁白的。"从交谈中，我知道女孩叫灯盏，我问她为什么起这个名字，她回答我："母亲在生我时难产，结果虽然我的命保住了，却落得双腿残疾，母亲说我命硬，便给我起了个怪怪的名字，大概就是如同一盏灯一样，随时都会泯灭的可能。"

这是个很特别的女孩，从认识她的那天起，我觉得我们之间有着很相似的感情经历，我轻轻地询问着她，她的回答如小河的流水声声成韵，这是我第一次和一个女孩交往如此之深，虽然母亲一直在警告我谈恋爱时要提高警惕、小心上当受骗，但真的涉入其中时，才发现，每个女孩都有着一种难得的魔力，特别是面前如此清纯的女孩。

后来，发生了一个事故。直到很晚时，我准备起身离开，而这时，忽然邻家的房舍着火了，火势很大，烟雾弥漫了整座书屋，我急忙出去看个究竟，刚到门口，就被浓烈的烟雾挡了回来，我问她："这里有后门没有？"她回答："没有。"我心想坏了，必须在最短的时间内逃离现场，要不然，非被烟雾置于死地。女孩弯在桌子上，大口喘着粗气，我随手拿了个湿毛巾，掩住她的口鼻，我打开窗户，背着她，破窗而出，由于身上有着过重的压力，我倒在地上，人事不省。

醒来时，却发现自己躺在医院里，母亲正守在身旁，我睁着惺忪的双眼，问母亲："那个女孩呢？"母亲告诉我："在隔壁的房间里接受治疗。"我继续问母亲："她很严重吗？""她可能受了点轻伤，主要是烟雾吸进了鼻孔里。"

我挣扎着起了床，母亲拦都拦不住，等我到她身边时，她已经接受完治疗，她看着我说："谢谢你，如果不是你在场，我可能会有很大的危险。"我急忙问她："你没事吧？"她摇摇头，又点点头。

那件事情过去后，我觉得自己明显有些异样的情愫，我不知是不是自己爱上了她，但不知不觉间，我的脚步总会匆匆地走向那间书屋，走向那个名叫灯盏的女孩。

女孩的书屋费了很大的周折，又重新开了业，这期间，我应该是主要的劳动力，女孩坐在书桌后面吩咐着，而我则有条不紊地进行分割、分类存放，我甚至有一两个夜晚陪着她，因为她说从那件事情以后，她害怕黑夜。

我总是淡淡地看着她，像看一幅温柔的风景，而她呢，总会摇摇头，然后又点点头，脸上挂着微笑，我总会想到有一个女神叫作"维纳斯"。

终于有一天，我的异常举动引起了父母的高度警惕，当我准确无误地、毫无保留地把我和她的爱情故事公布于世时，我的母亲睁着大大的眼睛望着我说："你疯了吗？她可是个不健全的女孩。"

我回答她，我知道，我可以照顾她，我觉得她人好，又知书达理。母亲好言相劝，在接下来的几天里，父母动用了家里的所有人来通知我、劝勉我，但我总觉得自己的事情应该由自己决定，何况每个人都有自由爱情的权利，法律上又没写残疾人不让结婚。

最后，全家人给我下了通牒：必须离开她。

我有着天生的逆反心理，并且我需要去追求自己的幸福，我拼命反抗着，给他们陈述着自己恋爱的理由，但是他们根本听不进去，结果只有一个：除了她，谁都可以。我也是铁了心，对他们说："我今生，非她不娶。"

在一个黄昏，我偷偷给她写了封信，告诉她要学会坚强地面对生活，相信我们的爱情总有一天会开出最美丽的花。

但事情的结果却有些出乎意料，忽然有一天，弟弟跑过来告诉我，那家书屋已经关门了，那个女孩也不见踪影。

我飞快地跑出了家门，虽然父母亲在拦截着我。我几乎一口气跑到了书屋前，情景依旧，那个"一笑有缘"的牌子还挂在那儿，而屋里却是"人去楼空"，隔着硕大的玻璃窗，里面的书籍也已经不知去向，只有那张桌子还摆在那儿，细数着昨天的故事和今日的苍凉。

天上不知何时飘下了雨，我茫然失措地走在大街上，任凭雨水钻进我的思绪里。我走遍了我们曾经去过的所有地方，找遍了我们认识的所有人，但始终没有找到那个叫作灯盏的女孩，我的最爱，就这样匆忙地来到了人世间，又从我的眼前悄然消失，没有留上任何的踪迹。

是她说的，她就是一盏灯笼，一有风过，就会熄灭在尘埃；是她说的，穿着粉红色的嫁衣，那是她终生的梦想，她一直在做着许多个奇怪的梦，梦里她是一个新娘，有一个男孩正牵着她的手；是她说的，她喜欢这个城市所有的玫瑰，喜欢在一个黄昏，有一个男孩轻轻来到她的书桌前，把一大束的玫瑰花放在她的面前……

在这座城市最精美的衣城里，我挑选了一件粉红色的嫁衣，我想着，她会喜欢的。

我买走了这座城市所有的玫瑰，打扮在整个城市的街头，我知道，那个女孩，她喜欢玫瑰花，她看见玫瑰，就会想起一个男孩，曾经那么深深地爱过她。

情人节的那天夜里，我捧着这世界上最鲜艳的玫瑰，坐在那个叫作"一笑有缘"的书屋前，等着一个名叫灯盏的女孩，我知道，我的诚心会感动上天和她的，如果她不来，我会天天等，直到海枯，哪怕石烂……

天上又下起了雨，我仿佛看见一个女孩，摇了摇头，又点点头……

像一地鸡毛飞舞的爱情

那一段时间，我很瘦，真的瘦得不成人形，为了避开别人的视线，我索性请了半个学期的长假，将自己关在天井当院的红墙里养心，陪伴我的，除了母亲送我的长命锁外，就是和同学已经五年，并且高中时就开始追逐我的丑小鸭林儿，由于她的头发长得很特别，是那种随意飘洒却又有一丛想上天的那种，所以，无论她怎么人工处理，都无法抹去她的直立感，像一丛鸡毛立于当中，所以，从五年前的见面的那天开始，我就开始叫她的昵称：鸡毛。

她一路担心地随我走来，像是生命中故意安排有个人拦躲我的不可一世和充分的想象力，我时常想，这也许才是我生命中的牵绊，这也是母亲出门时的不放心导致的恶作剧。

五年前，从我离开家的那一时起，母亲好像就注定知道儿子的脾胃虚弱，整日叮嘱个没完，就连生活用品，也给我排得满满的，用她的话讲，我天生虚弱，不是出门的料，但命运却又如此安排，着实让人放心不下，最好有个人和你一起，就是"鸡毛"吧，那时的鸡毛也刚刚去了市里上高中，家境一般，和我也有着共同的语言基础。因此，两家一拍即合，由母亲做主，让我们互相照顾，邻居们干脆把我们当成了娃娃亲，童养媳，我听后一脸苦楚，眼泪沿着眼圈绕了几十圈后，还是顺从了生命的旨意安排，老老实实地跟在

011

一丛"鸡毛"的后面，飞奔了城市的夜空。

待的时间久了，总会有绝望产生的，这是我告诉她的最后一句话，也是我思想崩溃前的最后写照。

她天生脾气强硬得很，我是一块面粉，而她呢，却天生是块石头，无论如何都放不到一块儿，尤其是流言让人受不了啊，都是大二的学生啦，我也有我的自由天空呀，难道每个人不都有属于自己的感情世界吗？

从那天开始，也就是下雨的那天开始，为什么选择下雨天，也许是时间的安排吧，我开始不理睬鸡毛，任凭她叽叽喳喳地在我面前一直嚣张着，后来，干脆地，我打了伞，离开了这个雨天，我想选择一份属于自己的干净天空，让灵魂做一次浓重的深呼吸，让感情经受一份毫无牵挂的洗礼，思想郁闷，也许才是自己的软肋。

在一个叫作"一夜都说"的茶馆前，我停住了脚步，里面的叫卖声和一个女人的说书声，一直在吸引着我的思想，我是那种爱怀古的人，尤其是幻想着有一天，在这社会能够倒着走一回，那样子，也不白白地活在这世上一回，所以，看到有些古色古香味道的色彩来，我总会驻足，然后用全身心投入进去。

《一地鸡毛》，一个作为花鼓戏艺人的小女子正在那里说着评书，讲的是一段民国时期的爱情故事，我正好赶上一段精彩的开场白部分，小女子举止端庄，怎么看怎么打扮得像个宋代人，唇红齿白，说得高潮迭起，占有着你的所有的神经细胞。

听了一段后，我要了杯茶，沉浸于其中。

从那天开始，我为自己的消遣找到了一个好去处，就是那个叫作"一夜都说"的茶馆，而有好几次来我都等到了小女子的精彩评书，所以，自然而然地，我就开始喜欢上了她说的书，同时也喜欢上了她的人物和风采。有些同学让我千万别为伊消得人憔悴，我知道他们所说的伊是谁？我天天不理她，把她当成了一个路人。

那天我去得较早，茶馆里还没几个人，我喝着茶，顺便想着他们的后台化妆的地方应该在哪个地方，找准了方向后，我开始实施向那里窥看，我小时候，经常爱躲在唱戏的舞台后面看人家化妆，并且梦想着自己有一天，也能够排排场场地站在舞台上，把自己也当成故事的主人公，哭一回，笑一回，但时过境迁，都已经成梦了。

在舞台的一角，我看见了正在化妆流泪的小女子，当时，舞台后面没几个人，更不会有几个人在乎我矮矮小小的角色。

我走近她，她身材矮矮的，刚刚化过妆的脸像在水里泡过一般，我走近她，问她怎么啦，需要人帮助吗？

她破涕为笑，不好意思，忙里偷闲，想起家里的亲人来，不免有些让人神伤，和我一样，是个内向的、温顺型的人，这正中我的下怀，凭着我这几年单枪匹马闯江湖的经验，我知道她正处在感情的寂寞期。

由于离开场还早，我们在那里交谈，她有个艺名，叫作端子，豫南地区人，从小喜欢说书，曾经上过几年学，由于家境不好，便过早辍了学，从此开始江湖卖艺的生涯。

我夸奖她很有见地，能将某个人物描述得活灵活现时，她高兴得手舞足蹈，我告诉她，不信的话，请看舞台下面的掌声，就像我一样的掌声，说着，我拍起自己的手背来，这是我的恶作剧，每次看到高兴处时，我不爱和常人一样拍自己的手掌，而是喜欢半手掌背过来，用另一种方式来表明自己的喜悦感。

那晚，她继续说的是《一地鸡毛》，人也多，场面也好，她的心情也很好，她博了个满堂彩，有人的还吆喝着要加一段三十分钟的她的表演，我热烈地为她鼓掌，为她一个人孤独闯天涯的勇气，也许是天涯何处无芳草的怜悯之心。

我开始接触她的业余生活，但每次去时，她却总是化着半妆在那里，我奇怪地问她，这是怎么啦，离晚上还远，怎么整日里把自己打扮得像个古代人似的。

她笑我痴，说不懂得古代女人的心思，所有的女孩都喜欢一身淡妆地出现在所有男孩子的面前，那是一种优雅和超凡脱俗，之所以是淡妆，是为了遮住彼此的不快和原来的不适应才如此，否则，有些人见时间长了的话，总会产生疏离感的。

这是个令人奇怪的女人，在二十多年的生涯里，从来没有一个人能够这么完完全全、坦坦荡荡地出现在我的生命里，所以，这令我产生了所有生命深处的动容，我开始牵挂她，直到最后，我忽然间发现，我已经深深爱上了这个小女子。

我喜欢她说的《一地鸡毛》，喜欢她说的像一地鸡毛似的残忍的爱情故事，听着那些故事，我感觉自己的天堂降临了，我开始讨厌这个世界，我似乎为自己的出现在做着一场无挣无扎的证明。

"鸡毛"对我的表现很有意见，她整日里好像在调查我的行踪，但她也无法左右我的个性化展现，我就是我，喜欢独来独往，爱别人不敢爱的，恨别人不敢恨的，但她的一句话却好像钢钉一样将我的灵魂钉在爱情的十字架上：你早晚会吃爱情的亏的，因为你太年轻了、太执着了，这也许是你的最大障碍。

我摆摆手，笑她，好啊，所有最好和最不好的爱情都过来吧，本人欢迎不受阻拦的骚扰。

当开始请那个名叫"端子"的小女孩吃饭时，我简直心里头乐开了花，她摆脱了她师哥的纠缠，一路欢跑着随我而来，在一个叫作"浪漫都市"的夜总会里，当她的演出结束时，理所当然地，我们成了故事的主角，现在，一切的故事由我们说了算，谁想演什么都可以，我把自己当成了一个陌生都市的护花使者，她来不及卸妆便与我疯。

我邀请她喝酒，她说少喝点可以，师傅说喝多了会伤嗓子的，会影响演出，我说不碍事的，许多大明星大歌星都是一口气能喝下整瓶的啤酒，然后能够站在舞台上拼了命唱歌、舞蹈，他们的精神和能力都是从酒里来的，不信，你可以试试看，酒是生活的催化剂，也是我的个人爱好。

我将自己所有的想象力都发挥起来，开始在她的面前绽放，她始终把自己当成了一个小女子的角色，一如既往地那么矜持，带着古代女子的端庄色彩。

那晚回去时，正好大风起兮云飞扬，我有了种英雄救美般成功的风采，一路风中，我一路唱歌，仿佛生活对于我来说已经有了质的飞跃和提高。

"鸡毛"正站在风中等我，这也是我始料不及的，她告诉我，家里来电话说，她的母亲有了病，想回去几天，火车票她已经买好，今晚就要走。

她心疼地告诉我，衣服都放在某某柜里，记住自己做饭吃，别在外面吃，外面火气大。

"鸡毛"走了，带着我的满腹未说出的豪情，我本想对她说我的几天壮举，包括我的壮丽之行，但现在，恐怕要一个人孤独地度过了。

"鸡毛"走后的第二天，我接到一个朋友的聚会电话，要我晚上去他那里参加生日宴会，我想着是该去的，但这可能会误了"端子"的评书演出，但人在江湖，是身不由己的，自己的铁哥们儿无论如何都无法搪塞的，我想着等十点多时，他们的全场演出都结束时，我突然地出现在她的面前，令她大吃一惊。

十点多时，我已经酒入酣时，我摆脱了他们的惊扰，去了"一夜都说"茶馆，里面依然很热闹的场景，但台上却是一个老头子在表演，说的也都是些孤魂野鬼般的老掉牙故事，让人听了就直想吐，没一点感情色彩。

后来一打听才知道，端子病了，所以才没有参加演出，这令我心急如焚，昨晚她回去时还好好的，难道是为了别的原因，我有些不知所措，停场时，索性便问那老头子，老头子说得了感冒，正在医院里打点滴呢？

我风风火火地向医院跑，记不清楚自己是怎么不明不白地误打误撞对了那家小小的平民医院，她正躺在床上，有一种液体正在隔着我的眼睛向她的身体里传输，我不知道这种感觉叫不叫作同病相怜，我只是感觉鼻子酸酸的，大把大把的伤心泪带着自己的心事决堤而出。

我说是我不好，那晚是我让你喝了酒，否则不会有现在的事故的。

她摆摆手，说我小心眼儿，没关系的，这几天急火攻心，前天说书时就感觉嘴角抖动得厉害，没想到今早便加剧了，索性师傅去救了场，否则如果失了场，那才叫大罪过呢？

是"鸡毛"的电话将我招了回来的，那已经是第三天的上午啦，"鸡毛"从家里赶了回来，说让我去火车站接她，她带了许多的行李。

路上，她向我讲了家中发生的故事，并且说母亲的病已经稳住，是血压低，医生让她多注意营养，她还说了，家中已经有人给我说媳妇啦，我的母亲已经同意让我去见一面。

听着这些让人没胃口的话语，我一下子捂住了耳朵，每次都是她将我从美好的想象拉回了现在的时光，好好的一段故事，却让一场相亲的闹事泼了一瓢凉水。

就在我准备再去那家叫作"一夜都说"的茶馆时,我却发现了一个意外的结局,那里的说书人已经换了新人,那个叫作"端子"的小女子永远消失在我的记忆里,我不知这是怎么啦,难道真的是一场梦吗?梦醒过后,全都是苍凉吗?明明是一个活生生的人,却不知怎样就消失了呢?

老板回答我的话:人家是跑江湖的,整日里风里来雨里去的,没有个准地方,说不定过几天,他们就会回来的。

我失落地走在回家的路上,一路的尘土飞扬,在那个陌生的路口,"鸡毛"一把搂住了我的脖子,她的手里,正拿着一幅小小的照片,她说,今天下午有人过来找你,送了一幅照片给你,说让你忘了她吧,她不是一个理想的人。

黑白的照片上面,我发现一张不完整的脸,半张脸上,一条条长长的刀伤,正冲破胭脂的阻挠,层层剥裂开地展现在我的记忆里,我忽然明白,她怎么总爱在自己喜欢的男孩子面前化妆,因为,她是想掩饰自己的伤痕。

这是怎样的一段令人伤感的故事呀,所有张扬的年纪已经慢慢地放开手,便理想的帆还没有升起来,却早有尘世的暗礁碰碎了不堪一击的青春。

我仿佛看见了那张脸,那张属于"端子"的小脸,她是怎样的多情,却又染上尘世的污垢,所有的人,都无法逃避人世间的现实,他们都是一场过往而已。

猛然惊醒,我看见了早已经肆无忌惮的"鸡毛",她正搂着我的腰,对我说,对不起,是我关心你不够,我检讨自己以前的过失,是我太自私了,我把你当成了一个玩物,使你失去了自由,但你要相信,她已经走了,永远地走了,像一个梦,死了,我还是活的。

午夜时分,我看见一地的鸡毛,随风乱舞,好像一场零零碎碎的爱情故事,刚刚出场,却又匆忙落幕。

与谁共享这场空前绝后的爱情盛宴

(1)

遇见马苏苏的那天夜里,我正在一场华丽的爱情宴会上,那天,作为男方伴郎的我正好与作为女方伴娘的马苏苏邂逅于那里,见到她的那一刻起,我忽然想起了张爱玲一篇散文里的一句话:你也在这里吗?

从那时起,我感觉自己二十多年从未萌动的爱情波浪有些按捺不住内心深处的滚滚海风,我感觉自己的心快要跳出嗓子眼啦。

这也许是马苏苏的个人魅力吧,也许是爱情在作怪吧。

我手举酒杯走向她,碰杯后,我问她:"你是女方的好朋友吗?"她笑笑说:"是的,你呢?"我点头表示同意的样子,我没话找话道:"今天这儿真是华丽得很?这样的盛宴人一生是参加不了几次的。"

她抬起头看我的眼睛:"是的,这场盛宴对于他们来说是空前绝后的,在每个人的生命里也许仅有一次,但只有一次,便足以让人幸福一生啦!"

那夜,我记住了她的眼睛,记住了她让人感动一生的话。

从那天开始,我便计划了自己下一步追马苏苏的方案,当第一次我将玫瑰花送给马苏苏,而马苏苏笑着接过时,我向天空大声地呼喊,天哪,我要谈恋爱啦!

没有几个回合,她的心便朝我的方向开始迈进,她是学音乐的,在五线谱方面有着很高的造诣,她就业的地方在某小学,在那所学校里,她的才气像我的名气一样大,我时常想用门当户对、举案齐眉两个成语来形容我们的爱情不为过,因为,我们和我们的爱情,同样是令人羡慕的对象。

(2)

一年的光景,我们的爱情便到了柳暗花明的境界,她时常问我:"说句实话,我不算漂亮的,小时候,曾有同学说我长得丑,我也仔细照过镜子,发现自己除了黑之外,好像没什么优点,说说你的感受?"

我摆摆手说:"在我的世界里,你是最美丽的,如果谁敢在我的面前说你长得丑,小心我会揍他两嘴巴,真的,你的确长得有个性,是那种高雅人士才能喜欢的类型。"

我跟她开玩笑,她傻笑,然后将身子缩在我的怀里,她时常提起那场华丽的婚宴来,我说不要紧的,等你结婚时,我会包一个很大的场子,然后让你和新郎享受一场难以忘怀的盛宴。

她说,你美吧,我才不会呢,我要等等看,看谁能做我的新郎,我可是高不可攀呢?

我们转了好大个圈子,去朝阳街上新开的几家火锅店吃火锅,那里的人多得很,好像在进行一场大规模的友谊赛,人一圈圈的,她喜欢热闹,我们挑个地方坐下来吃火锅、喝不要钱的米酒。

回去时,正好是子夜时分,外面起了很大的雾,我像个小孩子,装作喝多的样子让她挽着我的胳膊,然后享受着这份温馨和浪漫。

但那天，由于雾大，在拐弯时，我们没有发现危险的降临，一辆车逶迤着向前驶来，马苏苏只管扶着傻笑的我，当我发现时，已经来不及了，马苏苏像一只蝴蝶一样，碎在街口。

(3)

医院的灯光有些暗淡，我的眼里除了泪水外，都是马苏苏模糊的影子，我不知道这世界怎么啦，为什么许多事情总会产生乐极生悲的结果，我做错什么啦？上天要惩罚我和苏苏。

一直过了相当长的时间后，医生过来告诉我，病人已经转危为安，但仍需要观察。

我坐在有月光的凳子上等马苏苏醒来，医院里很沉静，静得我仿佛能够听到生命离开的声音。

马苏苏一声不吭地静躺着，我的手里拿着那枚银白色的钻戒，这是我唯一送给马苏苏的礼物，这是我挣扎着从地上捡起的关于我们爱情的唯一见证。

马苏苏过了七天时间才醒来，但她已经认不出我了，她只是一个劲儿地哭，她失去了原本属于我们的记忆。

她不接受任何人，包括我，她问自己在哪儿？自己到底是谁呀，自己原来应该是一只蝴蝶的，刚刚开过花，却不知翅膀到哪儿去啦！

我一个劲儿地哭，她却劝我："你是个傻子，你我互相认识吗，何必哭呢？"我说："认识的，我是你男朋友。"她说："不会吧，我没有男朋友的，如果有的话，你也该是只蝴蝶的。"

经过几次确认后，医生无奈地告诉我，她的确失忆了，在医学上叫作失忆症，有些是短暂的，有些可能会一生。

我追问医生说："有救吗？"医生摇摇头说："我们决定不了，没有一套好的办法来支持这种病的治疗，你可以尝试一下用过去的某些物体或者回忆来帮助她。"

(4)

马苏苏不认识我，同时也不愿意见我，这是最要命的因素，如果能够接受我的话，我才可以实施下一步的治疗方案。

后来，我终于向她解释清楚，我是医院里派来照顾她的，是义务生，不需要给报酬，她点点头，算是勉强接受了我的存在，她不记得我的名字，后来我告诉她，她只记住了我的姓，她叫我古古。

我拿着各式各样的扑克牌，帮助马苏苏回忆我们在一起打扑克的样子，为了逼真，我还在大冬天脱了个光膀子，只穿着件背心。

她问我这是什么？我说扑克呀，她说没听说过，经过几个回合的尝试，我以失败的结论痛哭流涕，马苏苏呀，马苏苏，难道你真不认识我了吗？我可是你的准丈夫呀？

马苏苏依然在梦里，她的脾气变得有些反复无常，时不时会拿话噎我，或者拿东西砸我，几天下来，医院里的许多器皿都让她扔在我的脸上、鼻子上，那些地方瞬间便开了花，有时是千朵万朵梨花开。

几次尝试过后，我没有选择气馁，我参考了一些书籍，同时也看了部电视剧里关于此病情的描写，我努力搜索着过往的岁月，好让她能够记起一点往事来。

那天，我送给她的戒指无意中掉在地上，她弯腰捡起来，问我，这是什么呀，很好看的，你女朋友送你的吗？我好像也有一个的。

021

我喜出望外，怎么没想到呢？在所有的记忆里，如果我们是真心相爱的话，这枚戒指应该最能够代表一段深刻的过往，我继续追问她，你在哪个地方见过这枚戒指？

她低下头想，然后掀起床单翻找，我跟在她的后面，不大会儿，她终于捡起了一枚东西来给我看，一枚草戒指，那是一周前我送给她的，我如一只泄气的皮球，看来，还需要继续努力。

(5)

两个月后，马苏苏除了失忆外，身体的其他部位基本已经恢复了健康，我将她接回了家里，她死活不愿意，说自己没家的，不能随便去别人家里，我说这是医院的房子，接到那里是为了帮助她恢复记忆力，她终于答应了。

几个以前的同学来看她，看见我一脸憔悴，都很心疼的样子，有同学问我："以后打算怎样，就这样子吗？没有其他出路吗？"

我说："既然命运安排了我们相爱，我便不能离开她，永远不能的，她现在需要人照料，更需要人细致入微地关怀。"

同学们说："你真是个好男人，我们永远支持你。"

我帮助马苏苏开始认字，同时也帮助她进行各式各样的锻炼，以增强她的抵抗能力。

那天，我整理旧时的信件，突然翻到了一张明信片，那是半年前我们相爱时，马苏苏写给我的，上面一句话引起了我的注意：一场华丽的爱情盛宴。

这不是她所有的梦吗？我忽然想起了我们相见时的场景，那时的她，望着富丽堂皇的会场，眼睛里闪烁的尽是渴望，她是多么希望自己能够变成新娘子，尽情地享受着爱情的欢愉。

一个计划在我的脑子里逐渐成形，我试想着用一场华丽的宴会来唤醒她的内心。

(6)

我叫来了许多同学，让他们帮我参谋此事，同学们觉得都可行，资金不成问题，我还有些钱，加上大家都慷慨解囊，不大会儿，我筹措了一笔资金。

但有一个问题却至关重要，如何让马苏苏接受这样的现实，如何让她心安理得地穿上新娘的衣服，然后迈上结婚的礼堂。

我坐在马苏苏面前，对她说："你想结婚吗？"她说："结婚是做什么呀？好玩吗，好玩就想，不好玩就不想。"

我说："我想和你结婚，因为我爱你。"我本无心的一句话，却突然发现马苏苏的眼里竟然藏满了泪水，怎么啦，难道有救啦！

马苏苏擦干眼泪说："你对我这么好，我如果想的话也是和你的，我不想和那些医生结婚，他们只喜欢给我打针，好疼的。"

我用手搂住马苏苏，马苏苏顺从地躲在我的怀里，那一刻，一分久违的爱从遥远的岁月深处传来，让我感动涕零。

接下来，马苏苏好像有些明白结婚是需要采购一些东西的，便缠着我带着她去外面转，买玫瑰花，一大把一大把的，她将它们插满了整个屋子。

为此，我们跑了好几天，最后，一切都准备就绪，还有一项重要的活动，那就是选购婚纱，她好像对婚纱很感兴趣似的，挑了一件又一件，最后，几乎将人家影楼的婚纱全部搬到了家里，家里瞬间成了结婚的海洋。

(7)

婚礼我们选择在 10 月 1 日,地点是市里最大的一家酒楼。

红红的地毯,欢乐的人群,有许许多多听说此故事的人都来助兴,他们纷纷送给我信念和祝福,我拱手向大家道谢,感谢大家的支持。

典礼的时刻到了,我望着马苏苏,马苏苏一脸的兴奋,不住地笑着,还时不时用手向大家致意表示感谢,今天马苏苏的表现很精彩,一点都不像失忆者的样子,我的目的就是为了唤醒马苏苏的记忆,因此,每个流程都设计得谨小慎微,生怕会惹怒她,我们希望每一个微小的细末环节能帮助马苏苏回到生命的原地。

她忽然对我说:"古古,你今天很漂亮的,这身衣服很适合你。"我说:"谢谢夫人夸奖。"

那天夜里,看来自己唯一的希望也已落空,马苏苏只把自己当成了古古的新娘,她没有回到最初我们相爱的地方,也许在她看来,结婚只是一场华丽的典礼,典礼结束后,她仍是她,我仍是我,我们之间仍然形同陌路。

我坐在椅子上睡着了,半夜时,却感觉马苏苏将衣服披在我身上,然后坐在我的对面小心地望着我,她一会儿用手摸摸我的头,一会儿又摸摸自己的头。

我醒来,她说:"你好像感冒了,我去拿药。"

当一杯水放在我的面前,我所有的努力瞬间凝结成满腔眼泪,她对我说:"很疼吧,不要紧的,吃了药就没事了,上次我得了感冒,就是吃的这种药,很灵的。"

忽而转念了想,生命应该是公平的,因为她虽然没有将原来的那个马苏苏送给我,但是,现在的马苏苏依然是那么的可爱、纯情,生命走了一圈后,又回到最初的地方。

苏苏，不怕的，一切我们可以从头再来的，包括相爱，我会沿着来路，拾起丢下的每一滴过往，将所有的往事再演绎一遍，而这期间，一切都会改变，唯有我对你的爱，可以横亘在天地间，至死不渝。

总有一个人会在你的掌心跳舞

(1)

直播室里，我一个人忙得不可开交，一会儿要去整理材料，心里头还想着如何在焦虑的情绪下能够主持好今晚的节目，一会儿又要去备份录音，每逢傍晚时分，我忽然就变成了一只陀螺，随着时间一个劲儿地旋转不停。

在临来时，我看见一大片繁忙的人群正在穿梭着，他们在忙着下班的生活，忙着如何获取丈夫的芳心，或者在想着如何去应付晚上的夜生活，而我则是一只夜猫子，特殊的工作时间使我快变成了另一个世界的人。

好不容易各项工作就绪了，我总觉得自己有一种想上厕所的欲望，这是每次上节目前所必备的一项工作和情绪，我曾经努力控制过，但越想却越厉害，但到了厕所，却感觉腹内空空如也，刚坐下，便感觉膀胱又开始加剧膨胀了。

我主持的是一档晚上的电话直播节目，节目里，我做一个心理主持，需要通过电话来解答各位听众提出的感情问题，我自恃自己有这方面的专长，所以，当初这个节目初成形时，我便自告奋勇去做主持。几期下来，效果很好，但自己累得像脱了层皮似的，好歹万事开头难终于过去了，原先的紧张也被一种平淡似水的感觉所代替。我想，生活也是如此吧，没有爱情的我，却当了别人的爱情导师。

(2)

那晚的节目刚开始，便有一个叫作"依然"的女孩打进电话，她的电话有些问题，开始时听不太清楚，后来听清楚了，她的声音却开始无休止地穿梭，她叙述着自己的情感经历，说自己在高中时深爱着一个男孩，时间虽然过去许多年了，但她对他的爱依然鲜活，她告诉我，现在，没有什么力量能够抹杀她对他的爱，她问我该如何做，然后，便是一阵阵的哭声。

虽然有了几期节目的成熟经验，但初涉世事的我，还是第一次遇见如此难缠的角色，尤其是她的哭泣，冥冥中带着一种很深的伤感和多年的积怨，没有任何人能够赛得过时间的步伐，包括爱情，无论你是多么优秀的人才，面对爱情总会有失态的时候，这时候，所有人都需要克制，包括我。

电台里不能总是一阵阵的哭声，这会影响我们电台的收听率，后面的编辑师傅们已经大为恼火，拿眼睛直瞪着我。

我开始时不知所措，过了几秒钟，我便镇定了主意，幸亏做的不是电视节目，要不然，此时我的表情一定很尴尬。

我对她说，小姐请您停止哭泣，如果可以，您愿意听我几言吗？

我的话显然是起了至关重要的辅助作用，话音刚落，她便停止哭泣，好像有一双眼睛，隔着电话线的中介在亲切地期待着我的下文。

(3)

我告诉她，爱情对于我们都是最重要的，每个人一生中都会有一个甚至两个深深地烙在我们的印痕里，现在你的情况非常特殊，是一种跨越时空的爱，是一种无形的爱,或者叫作暂时无法实现的爱,你不知道他现在的住址,不知道他是否婚配,更不知道他身在何方,只是时间让你记住了他的名字和你们的爱。

我想,你需要分两个步骤来想,一是这份爱如果还有可能的话,是你必须找到他的行踪和生活方式,也就是他的婚姻状况和对你的爱是否依然存在。这一条是最重要的,你需要花费较长的时间,如果这一条你能够做到的话,我想后面一条就不需要讲啦。

她认真地听着,我很细致地讲着,脑袋里搜寻着自己在心理学方面的所有词汇,我在心里告诉自己,今晚的角色绝非一般,如果对答不上来的话,会影响电台的声誉和我的未来,如果能够成功,也许我会一夜成名,要不然,只有卷铺盖回家的分。

她对我说,你说得很好,但我需要告诉你,我近几天又见到了他,就在郑州市里,另外,我还可以告诉你,他依然是单身,他曾经有过一场恋爱,但老天让他选择了不欢而散。

我说好呀,这对你是一种机遇呀,你可以把握好的,你可以去找他,告诉他你爱他,看他如何处理这件事情。

我顺水推舟地向她解释道,她顿了顿,说想反问你一个问题,主持先生,如果你是我,遇到这种情况,你会马上跑到他身边,对他说我爱你吗?你能放得下这十年多的面子吗?你能痛痛快快地说出一个爱字吗?如果这个爱说出口,他选择了推辞或者拒绝,那么,原先的所有理想境界都会烟消云散,从此,我不是我,会变得人不像人,鬼不像鬼的。

(4)

她的反问令我有些无地自容,结合自己的感受,我忽然觉得自己刚才有些失控了，而此时，她的电话却断了，莫名其妙地断了，这对于我也许是一种解脱，但一场有始无终的感情游戏显然不符合我的解说个性，我需要的是一个有始有终的过程，需要外面所有收听的人对我说你的解释很有科学依据，至少今天，我却栽在一个小女人的手里。

接下来的节目，没几个电话打进来，就是打来，也是一些莫名其妙的人的无病呻吟的爱情，三言两语，我就可以将他们打发走，那晚，那个叫作"依然"的女人是我永远的痛。

第二天回家，天阴得厉害，我像往常一样回了家，胡乱吃了些饭，便躺在床上睡大觉，我在仔细地回想着，这个叫作"依然"的女人，她的声音是如此地熟悉，好像在自己的生命里经历过一次相同的震颤，但无论如何，时间太久了，我真的想不起来了。

三天以后，又是我的节目开播的时间，刚开始，那个女人的声音又出现了，这两天我正在看《一封陌生女人的来信》，这使我突然有了一种不寒而栗的冲动，这个陌生女人的来电，使我有些心绪不宁。

她说不好意思，那天电话线突然断了，接好时，你已经下班了，她说那天情绪有些失态，请我谅解。

我们继续商讨有关她的问题，她问我该如何处理。

我还是坚持自己的看法，我说你可以接触他，先将两人中断多年的友谊建立起来，许多时候，友谊是爱情的基础，如果有了友谊作为前提，你们就可以互相找到爱情重建的理由。

最后，我告诉她，放心吧，这世上，总会有一个人在你的掌心跳舞的。

那边是一连串的笑声。

(5)

半个月后,一个叫作英子的女孩逐渐介入了我的生活,我们是同事,都是广播学院毕业的学生,同样是感情受过伤,因此在一起,很有共同语言可讲,我们经常分析着工作,便将个人的情感带入了生活,有一天她说,你大了,也该找个人了吧,你看你的衣服脏得厉害。

那晚,她拿起我脱在洗衣机上的成堆的衣服到卫生间冲洗,我有些过意不去,她却坚持着,并且用一种纯正的普通话对我说,做人嘛,要厚道的,不可以有二心的。

有一天,我突然接到一封陌生的信,信的笔迹应该是一个女孩子写来的,她在信中告诉我,一别多年,她很想我,不知中断多年的感情之船还能否继续行驶。

结尾没有留名,我以为是一封垃圾信件,就像电子信箱一样,许多人没事时便会乱发泄自己的感情,现在这个社会是怎么了,好像随时随地都会有另类人群、病态人群出现,让你不自然也跌入早已为你设置的爱情圈套里。

晚上时我的节目做得出奇地顺利,心情也出奇地好,可能是多了女朋友的缘故了吧,人都说家事没小事,看来,平日里生活不顺利也导致了我的心情很糟糕,幸亏有了英子。

"依然"执着地给我打电话,总是抢在节目的最开头,我说你好,这节目变成你的专场了。

她说不好意思,她接着说她已经将自己爱他的消息告诉了他,但他却没有回信,你能告诉我他下一步会有什么计划吗?

我说好的,其实呢,很简单,我想如果他还爱你的话,他会接受你的爱,如果还有一线的希望,你都要努力的,其实呢,感情是可以迅速培养起来的,只有心里有情愫存在，这种情是多年以前的一种渴望和希望，一旦遇到了火苗，它便会瞬间点燃。

(6)

英子三天两头地往我这里跑，同时，她看到了那封信，她很在意的样子问我这是哪位仙女写来的，很有诗意吗？我说不是的，可能是垃圾邮件吧，我经常收到的。

她很认真地看了看，然后便将信放进抽屉里，接下来几天，我和英子拼命地跑，跑生活，跑享受，跑属于自己又属于别人的爱情。

但我的节目依然需要坚持，这是我的理想和骄傲，而那个叫作"依然"的小女子，依然执着地向我倾诉她爱情故事的进展情况，我笑着对她说，你可以开一个倾诉专场啦！

半个月后，我竟然收到了第二封信，又是那个前面写信的小女子写来的，她说无论你是否还记得我的容貌，但我在心里却将你抓得紧紧的，我害怕你会远离我，真的，这么多年，我忽然间发现，走遍了天涯海角，我依然需要你的关怀和呵护。

我觉得有些异样，不像是错邮的信，更不像是无中生有的，我努力回想着自己的过往，想从记忆里将这个人努力地挖掘出来，但结果却失败得很。

这一次，我将信件藏到了一个不为人知的角落。

(7)

在第三封信到来之前，我正好又做了两期节目，但奇怪的是，那个叫作"依然"的女人居然没有来，也许她失望了，或者她已经找到了自己的希望，但是,她忽然间消失了,就好像一种痛楚,长时间在我心里面残存着,但突然间,却被人抽走了,有些不自然的感觉。

第三封信是这样写的,我不需要你的同情,我只需要你的承认,我们曾经那么浪漫地爱过,但现在,时间给我们开了个玩笑,我们的爱让地老和天荒折磨得手无寸铁。落款是,然。

然,是她吗?记忆的潮水突然间失控了,我想起那一年的春天,那个高中分手前的时刻,一个小女孩把一封信塞到我的怀里然后抹着眼泪离开了我,是王然吗?王然,我曾经用心爱过的她吗?

这样的渴望破坏了我原本平静的心海,就好像某个人撒了一把石子在我的心里,除了波澜外,再也无法恢复原来的安详,我甚至于觉得这样的爱比英子的爱更为深切,毕竟,是一路认真地爱过来的,虽然时间隔断了感情,但一旦有一天,遇着可遇而可求的环境时,它总会死灰复燃的。

带着一份辗转,我回了信,照着信上的地址,我在信中说道,如果你是王然,如果你真的是王然,如果你还是原来的王然,我还是原来的我,还是你想象中的我,还是你千思万念的我。

那晚,想起王然来,我竟然流了泪,这么些年,自己从来不轻易流泪的,但今天,为了一份可能不会发生的爱情故事,我的心再也无法恢复最初。

(8)

一周后的一天,我从自己的蜗居向单位进军,在一个拐角处,我遇到了一种爱情的目光,我隐隐约约感觉到,自己生命中的最爱就要出现了。

眼前的女孩依然是如此地单纯、可爱,就像当初分手时一样,所不同的是,我们毕竟长大了,更有能力和责任去承担生活中的风风雨雨,王然说我瘦了，瘦得让人关心，我说你好像还是原来的你，只是觉得多了些成熟的色彩。

再不需过多的言语，我们手挽着手走在傍晚的大街上，我开玩笑说，我早该有意识的，可是我太笨了，从你打电话的那天开始，我就觉得你的声音很熟，就好像曾经在我生命的驿站里存在过，但直到今天，我才想起来，感谢你的良苦用心。

爱情复原后，我找到了英子，向她讲了关于我们的故事，说到动情处，我竟然能将她说得泪流满面来，她显然是产生了同情心，她说道，我早想过的，我们是在逢场作戏而已，我只不过是陪伴你在等待着一个人，现在，那个角色的人物已经出场了，我也该谢幕了。

我向她道歉，说欺骗了她的感情，她说没关系的，好歹你是个负责任的男人，这样的男人，就是被骗一千次一万次也是心甘情愿的，我们相偎着拥抱，她的眼泪洒满了我的肩头，她最后给了我一个吻，也代表着离别和祝福。

我告诉她，相信自己，缘分属于自己的，总会有一个人在你的掌心跳舞的，这句祝愿，当初我送给了王然，竟然很灵验，王然三下五除二便将我的爱揽入她的怀中，我送给英子，她也会如愿以偿的。

王然对我说，西方有个美丽的传说，传说中的公主总是躲在骑在白马上的王子的掌心里跳舞，他们幸福地生活着，现实生活中，所有人都有一个属于自己的缘，那个能够在自己掌心里跳舞的人就是自己的最爱。

我接着她的话说，骑在白马上的可不都是王子呀？

她说，不是王子还有谁呀？我说还有唐僧呀。

她一巴掌打在我的肩头上，温柔得让人心疼。

有些爱，永远不在服务区

在女孩生日那天，男孩花了自己两个月的工资买了两部手机，是那种情侣型的，一部是红颜色的，另一部散发着淡淡的蓝，拿在手上，很优雅的样子，他高兴地告诉她关于爱情的誓言：从今天开始，我们将进入贵族型的生活圈子，我们将永远告别贫穷和卑微，我会永远让你幸福。

女孩幸福地偎依在他的怀里，任凭春风吹打着两副年轻的面孔，虽然上面写满的净是单纯。

在快乐到来的时刻，她答应了他的结婚请求，只是因为他对她太重要了，在这个陌生的城市里，她的手机永远为他而开，他永远处在自己精心设置的爱情服务区里。

为了相互照应，她毅然辞了自己原先的工作，而将爱巢从东郊搬到了市中心，虽然房子贵点，但她觉得很值得，因为这所房子离他工作的地点很近；接下来，她在附近胡乱地找了份工作，不为挣钱，只是为他守住一份爱，承诺一个家。

虽然相隔不远，但他们也只有晚上才有见面的机会，因此，每隔三四个小时，她总会收到他发来的手机短信，她明白，只是为了节省一些电话费用，用来弥补租房的差价，在那些短短的信息里，她一直收获着甜蜜和幸福，如果走在大街上，看到一个女人满脸带着笑容和自信地看手机短信，不用问，就是她。

那天下班，他很是苦恼的样子，她问他原因，他回答她："公司里面的制度简直缺少人性化，这是我的手机，为什么要规定一天24小时要开机，又没给我报销电话费，上次制度下发后，我没在意便关了机，结果主任晚上找我，说有应酬，却找不见我，上班后他大骂我，说我没遵守公司的制度。"

看着他长吁短叹的样子，女孩斜着眼睛笑着，嘴里说："你不动脑筋，我教你个办法吧，你不关机，直接把手机电池去掉，这样子，手机就处于不在服务区状态，也不算违反公司的制度吧，谁叫我所在的位置移动公司没信号呢？"

她的小聪明提醒了他，他高兴地马上尝试，结果一拨，上面传出来不在服务区的声音。

从那以后，他们晚上的生活少了手机的纷扰，又增添了无限的生机和快乐。

日子如泼水般流淌，不知不觉他们的爱情已经走了几个春秋；女孩依然过着淡淡的日子，想着那个淡淡的人。

那天上午她没工作可做，公司里也放了半天假，她将自己关在屋里听那些如水的老歌，但一上午却没有接到他发来的短信，她有些纳闷，便打开手机编辑条短信准备发过去，但怎么点击发送短信那个按键就是发不进去，女孩悻悻的，破手机，才用了几年就不行了，干脆打个电话吧。

她拨通了他的手机，过了好大会儿，却传出了不在服务区的声音，她有些奇怪，他是不是出差了，在郊区吗，市里面不应该有不在服务区的情况发生呀！

她没往心里去，想着需要为他买一件衬衣来，便锁了门，去了市场。正当她乐滋滋地挑选衣服时，一个熟悉的背影进入她的视线，那个她的他，搂着个体态修长的小姐，正散步在万丈春光里，那姿态，是如此地悠闲和从容。

女孩没有细想，感觉头脑有些晕，她一眼瞅见了他的手机正别在腰里，那个女人的手里，正拿着一块电池，分明是惊人的蓝。

她忽然明白了，他已经走出了自己精心设计的爱情发射塔，在别人的区域里，对于她的爱，没了信号。

后来，她选择了分手，没有那么多的理由，只是觉得累了，就像那部手机，用了两三年了，也该扔掉了。

原来每个人都拥有一座爱情信号塔的，那些信号，只为一部手机开通着。悲哀的是，有些人轻易地走出了属于自己的爱情区域，所以，他们的手机，永远不在服务区。

原来你一直是单身

(1)

那段时间，我一直将自己百无聊赖地反锁在屋里，脑子里都是些过去的风花雪月和对未来的无奈和迷茫，和许多人一样，上网成了我唯一的嗜好，仿佛通过网络我能够摆脱所有的烦恼与忧伤，我申请了自己的QQ号，一边玩着游戏，一边等着人来加我。

可几天过去了，一直不见鱼儿上钩，我觉得很纳闷的样子，原来我不爱聊天，整日里将自己像软蘑菇一样和他缠在一起，但事过境迁后，我忽然觉得自己荒废了许多人生宝贵的时间给他，真有些不值。

为了给自己提高知名度，我恶作剧似的编织了一个善良的谎言，我在我的留言栏里这样写道：我是一位受过极大伤害且带有沉疴疾病的女孩，我的日子已经不多了，我唯一的心愿是能够在网上结交一些疼我爱我知我识我的朋友，你能满足我这个心愿吗？我为自己起了个很好听的名字"烛光晚车"。

第二天的傍晚，有一人加了我，他的网名叫作"独孤求生"，一个很另类的名字，起得比我还辛酸，有种好像劫后余生的感觉。

我们开始聊天，我装作温文尔雅的风采，每说一句话都很小心的样子，生怕露出马脚来。

我直截了当地问他:"你是男生还是女生,我需要你真实的回答。"

他回答:"男生,今年24岁,本科学历,至今未婚。"

你倒是在征对象的样子,我跟他开玩笑,我是个女生,是个受过伤害现在已经物是人非的女生,我好想找一个男生为自己的知己,你愿意吗?

他说他求之不得,单是你起的名字,我就觉得我们有缘得很。

接下来,我穷追不舍地聊,为了留住一份美好,我们互相没有告诉对方的名字,也没有告诉联系方式,因为,我始终认为,网上的东西都是些虚幻的东西,我可以恶作剧,那么别人也可以,说不定谈了一年后,我会突然发现对方是一个和我同性的女生,许多的人,真变态得很。

(2)

于是,除了正规的外出散步外,我为自己的失业和失恋后的心情找到了一份可以弥补的借口,我一到电脑前便找他,一见他不见,便心急火燎地留言骂他,直到他蹦出来为止。

渐渐地,我们无话不谈,直到三个月后,我忽然有了一种莫名其妙的冲动,一种久违的情感突然充满了我的全身细胞,那种魂不守舍的模样,使我蓦然间想到,天哪,我又要恋爱啦!

他一直鼓励我要坚强,要学会自立自信,相信自己,没有过不去的坎儿,我扔过去一句话,你有视频吗?我想和你视频聊天。

好大会儿,他说道,还没装,等我明天装一个,我们互相欣赏一下对方。

第二天的整天,我都在外面准备晚上在网上会面时穿的衣服,尤其是上衣和脸蛋,我不能不明不白地随随便便出现在一个陌生男子面前,我需要打扮收拾,需要精心地安排,因为我已经爱上他啦!

晚上八点，我准时打开电脑，他却还没过来，我催问了一下，那边没回音，我索性开着电脑，一个人躺在自己的小床上看书，看着看着，眼睛却止不住向那边直瞧，直到一会儿后，音箱提醒我有人上线了，我扔了书，大步流星地来到爱情的面前。

他说不好意思，刚才在装视频，一直装不好，我们见面吧，我说好吧，说完，我拿了镜子做了最后的检阅，确认无误后，我答应了他的视频要求。

(3)

眼前的他眉清目秀的样子，我说你长得真好看，好像有些像周杰伦，他说你也是，与我猜测的不错，小鸟伊人的样子，有些像陈好。那晚，我记住了他的眼睛。

就像游戏一样，有开始就会有发展，所有恋爱都有一个命定的过程，从生到熟，从相识到相恋，从远距离到远在天边。有一天，当一种强烈的欲望充满我全身时，我突然想到，自己有些想他了，想他能够站在自己的面前，想他的高大，他的伟岸，想他能够将自己顺手揽在怀中的样子。

直到此时，我才想到问他真实的姓名，他告诉我，他叫丁伟，家在哈尔滨。

我说如果你有机会你来郑州吧，这里人杰地灵的，我可以做你的向导，他说会的，总有一天我会去的。

我是含着泪关掉电脑的，那晚，我拿出了自己以前所有的照片，将它们撕得粉碎，我现在要向苍天大声说一声，我又要恋爱了，告别那个可恶的过往岁月。

我们开始通电话是在一个月后的黄昏时分，我无意中将自己的手机号丢在了留言栏里，是故意的，还是无意的，我到现在也说不清楚，我只是想告诉世界我自己的存在。

(4)

那晚手机响了,我一看,一个陌生的号码,反正不掏钱,我接了。

一个淳厚的男中音,让我想起那充满忧伤的独白,我是丁伟,一句话,好像等了多年了,我的心猛地一颤,不知如何是好,好半天,我才说,你好,终于听见你的声音了,好像就在身边,他说我也是的,我们需要见面了。

那晚我们聊了大半夜的光景,我说不清楚自己为什么会有这么多想与他分享的语言,最后他说手机没电了,我开玩笑说,手机大概也没费了吧,你过来吧,我请你吃郑州最好的烧烤。

那晚时分,我做了一个奇怪的梦,梦见一个奇怪的故事,一个女孩到车站接恋爱多年的男孩,可到时,却发现,另一个女孩挽着男孩的胳膊,他们亲热的样子,让她觉得无地自容,那么,接下来呢,我努力地挣扎着,想知道故事的结局,但天亮了,火车的嘶鸣声惊醒了我的南柯一梦,我才忽然觉得,今天,丁伟该过来啦!

我带着那个梦去车站接他,车站门口,我穿着厚厚的风衣,漫天的雪花有些肆无忌惮,等了好些时,我蓦地看到了他,天哪,他的身边,竟然真的站着一个妙龄女郎,她的胳膊正亲热地挽在他的胳膊上,好像开了一朵花。

我低下头,赶紧将手机摁到震动状态,我想他真的是那种恶作剧创造的祖宗,自己骗了他,他竟然编织出一个如此卑鄙的谎言来骗自己,太可恶了。

我将围巾裹得更靠上些,我走近他,听见那个女孩说道:她不会是在耍你吧,怎么不见人呀,打电话也没人接。

不会吧,我看她人挺老实的,再说了,我们初到郑州,人生地不熟的,正好需要这样的人吗?

(5)

一切的一切，我终于明白了，他们精心设计好的，只不过是为了对付我一个弱小的郑州女子，看来，互联网真是个要命的东西，我发誓，以后决不上QQ。

他却忽然拦住了我，大姐，你认识照片上这个女孩吗？

我白了他一眼，不认识，你们认错了啦！

我飞奔着上了计程车，眼泪瞬间浸满了整张脸，原来的梦想终究只是一个肥皂泡，我后悔，无助，感觉天旋地转。

手机里，那个熟悉的号码一直旋转着，好像一个遥远的城镇，等待一个遥远的河流，而我，不属于边城。

从那天起，我换了新的手机号码，并且关闭了自己的网络资源，我不再上网，我要沉下心来好好地念书充实自己，也许自己的爱情之果还未熟吧，也许自己二十六年的青春年华还未到不得不嫁的地步吧。

三年后，在别人的介绍下，我终于决定要嫁了，虽然有些不如意，虽然有些模棱两可，但谁能理解一个快要30岁女人的心。

婚后没多久，我便生下一个女儿，长得像我，但此时，我和他的感情却出现了意外，这是所有未过七年之痒的夫妻会共同出现的一个疑难杂症，他原本不喜欢我，就像我不喜欢他一样。终于有一天，他发现了我所有的缺点后，他以一个绝妙的借口离开了我，接下来便顺理成章地投进了另一个女人的怀抱，而这些故事的开始，我等了一辈子，结束时，却只用了几秒钟。

(6)

我带着女儿饥一顿饱一顿地生活着，就好像风中残烛，明明灭灭。

那一年的冬天，已经36岁的我饱经了世间的风霜，我将女儿安顿到母亲那里，去遥远的冰城哈尔滨出差。

这是我第一次到冰城，这儿的景色很美，但很冷，就像冰冻了多年的爱情。

我要到的地方是一所大型的游乐场所，我们公司需要签订一份出卖娱乐用具的合同，接待我的是一位女士，她介绍我在客厅里等着，说老板一会儿便出来见你。

我张望了好半天，他终于出来了，好一张熟悉的脸孔，我不知在哪个地方见过，又像是在梦里。

他见我也愣了一下，然后便坐下来谈判，他的话音一出，我的浑身打了一个冷战，是他吗？那个会说一口流利乔榛语言的丁伟？我不知如何是好，不知所措地低着头。

整个谈判在一种沉默的气氛中进行，就在我要转身离开的一刹那，他忽然叫道："是你吗？我是丁伟呀。"

回过头来，我感觉自己脸上淌满了泪水。

偌大的一家宾馆里，我们坐在那里低声无语，我能说些什么，我说不清楚，最多他会拒签这一份合同，回到郑州后，我会被炒鱿鱼，但我决不会向他低头的，虽然我们有过一段过往，但那些，是过去的事啦！

他开门见山地问我，十年啦，我一直在找你，你知道吗？

我说，是我骗了你，我编织了一个谎言，我没有重病，只是心里有些悲哀。

不，不是这些，我去郑州找你，我在漫天雪花中，在车站等了你整整三天，我曾经想过，你可能是病了，可能是有了其他事情，但我一直等着你，你知道吗？

可我去了，你身边有个女孩，你们是般配的，我是局外人。

太可笑了，那个女孩，她是我的表妹，她到郑州上大学，我顺便来送她，本指望你能尽一下东道主之宜，可你，也不能不见我呀！

什么，我懵了，上天与我开了一个天大的玩笑，我哭了。

顿了顿，我问他，你夫人呢？

不，你错了，为了你，我一直是单身。

(7)

我从遥远的梦里苏醒过来，他问我你呢，你也是单身吗？我能说什么呢，我对他说实话吗？我确实是单身，但我已经离了异，还有个女儿，如果我骗他，我能够对得起自己的良心吗？

考虑了片刻，我站起身来，丁总，对不起，我要走了，但愿我们的生意能够成功，我代表我们公司全体员工感谢您。顺便告诉你，我已经结婚了，在三年前，我已经结束了单身生涯。

两只手握在一起，我感觉到了从未有过的深情和力度，当我回转身看他时，我看见他的双眼布满了泪水。

我庆幸自己没有将另一个谎言编织下去，否则我会折寿的，我只是要告诉他，你已经为了我等了十年，也许我的决绝会让你死心的，你也该有个归属，不过，这与我无缘。

那晚看电视剧，剧中的情节有些熟悉，当我听见男主人公对分别十年的女友说"怎么，原来你一直是单身"时，我禁不住潸然泪下。

女儿在旁边天真地说道，妈妈，老师说这些故事都是假的。

我紧紧地搂住女儿，我想告诉她，这些确实是假的，但愿这永远是假的。

扣下一场漏洞百出的爱情

马特像个孩子似的与我纠缠着,我们双方瞬间便形成了剑拔弩张的态势,我是无论如何也不会答应他这样一种事实:他竟然让我捎一封爱情信件给苏麻,而苏麻,却一直是我梦中的天使。

马特求我,一生就这一次机会了,如果她知道我的心,会与我流浪天涯的。我搪塞的理由漏洞百出,我只好选择了妥协,我说我先替你盯着苏麻,搜集她身上的优点与缺点,然后与你的生辰八字进行对照,如果你们的爱情被上天安排得天衣无缝,我自然而然地会让你们成双成对。

马特用了一整夜的眼泪博得了我的同情,在弱者面前,我通常表现得足够大度,我不能让爱情的海洋淹没了友谊的船。

我从大一楼上下来,像只苍蝇一样黏在苏麻的脚后跟上,苏麻的每个出入场景被我牢牢控制在视野之内、思维之内,我以超常的分析与逻辑精确地研究着苏麻的爱情观,表面上与马特的命运进行比对,实际上,我是在寻找她是否符合我的爱情标准。

而让我大跌眼镜的事情竟然发生了,她通常会于晚自习结束后,出入于风月场合,按摩室、咖啡厅和酒吧,留下了她的倩影,也留下了我的薄弱的身材。

我通过内线打入了一个酒吧的内部,当我用窃听器窃听到她与一位先生的对话后我才知道，我和马特的爱情偶像有多么的糟糕。

我上气不接下气地冲出了酒吧，手里面是一份加强版的人生合同，我好想马上冲到马特面前，告诉马特，你喜欢的女孩，只不过是别人的生育工具而已，世态炎凉下的爱情，哪还会有一丝一毫的清纯与浪漫。

那份"代孕合同"的草稿被我牢牢掐在手心里，最后我将之撕成了齑粉，扔在凄风冷雨里。

马特一直催问我那封信的下落，是否亲自放在苏麻的玉手中，她的表情如何？

我吞吞吐吐地不能自圆其说，在万般无奈之下，我编造出了世界上最一流的谎言麻痹了他，我告诉马特：信她收到了，表情怪怪的，一脸不屑，从"牛顿第六运动定律"的原理进行分析：她不喜欢你。

马特用一夜的啤酒与一天的点滴结束了自己的梦想，从此后，马特像只无头鸟一样苍凉无助，将自己的爱情搁置在无人问津的原野上，任烈风如何吹拂也不敢轻易尝试了。

我一夜无眠，不知道这样做是不是在保护马特的爱情，如果他接着喜欢她，而她却蒙蔽了他，他是不是就跳入了苏麻为他精心设置的陷阱里。

我继续跟踪苏麻，苏麻开始请假，出入某个小区，半年时间后，当我发现膀阔腰圆的苏麻满脸喜悦地出现在一个老态龙钟的男人面前时，所有的委屈与不快统统袭来。

他们偎依着消失的身影，令我所有的思念化为乌有，好想与一条河商量，让我进入它冰凉的怀抱里。

我下定决心将这个故事隐瞒到底，这期间，出现了多种多样的爱情版本，有人说是我故意使的坏，我喜欢苏麻，那封信，我根本就没有送到苏麻的手里，马特与我的结交，以一场莫须有的摔跤而形同陌路；有的说信是收到了，苏麻捎信给马特，而让我小子吃了回扣了。不管如何，我以后的生活岁月孤单凄凉无助，而他们不知道，马特也不知道，我隐瞒的岂止是一段简简单单的爱情。

如果他们的爱情能够成功，我敢说，他们过不了七年之痒，在爱的恒定规律里，马特喜欢的是苏麻的所有优点，他根本没有看到表象背后的真相，如果知道真相，他是否可以接受一个越俎代庖的爱情。

我以一场大无畏的战斗结束了我们三人之间的较量，从此以后，再多的江湖纠缠，均与我无关？我庆幸自己的选择是正确的。苏麻后来嫁给了一个小她七岁的男孩子，但她的身体却每况愈下，据说是为了给富商保胎而服用了某种过激的药物。但后来，还是东窗事发了，80后的男孩子打起人来也是得心应手，毫不手软，我送苏麻到医院，苏麻紧紧地拽住我的手，疼睡的梦中，竟然喊着马特的名字。

时间涤荡着世事与爱情，我不知道这世间有多少爱情禁得住时间的推敲与岁月的洗礼。我时常在睡梦里被两个人叫醒，一个是马特，他哭着让我将那封信还给他，另一个是苏麻，她的条件只有一个，还她的马特与幸福。

现在看来，我当时的决定一半错误，一半英明，我在扣下爱情信件的同时，应该再写一封与爱情无关的信件给苏麻，在信件上，我写道：

生命苦短，保护好自己瘦弱的体质，在爱的天平上，有一些砝码一旦失控，便机毁人亡。

写好的信，我不知道该寄向何方？

周瑜的第三节爱情火车

(1)

周瑜似风似火地向火车站赶，后面紧跟着他的便是他的原配小乔，小乔一路跑来，嘴里面在说着让周瑜慢一点，自己的小脚已经跟不上了，周瑜回过头告诉她：火车是不等人的，我是第一次坐火车，没有任何的经验，所以必须快一点，不让你来，你却偏要来，跟不上形势了吧！

小乔撇着嘴，肚子里都是怨言却无法说出，自从和周瑜逃避战乱来到现代，他们是经历了太多的苦痛的，其中的困难无人能够理解，之所以如此，用周瑜的话来讲，便是要躲开三国的情感纠缠，包括诸葛亮的聪慧，他们慎重选择后，觉得来到一千年后的人间较好，但没想到的，这里的人已经脱离了战马，坐上了火车这样的交通工具。

周瑜在内心里想，自己必须拥有一节火车，因为自己是古代的水军大都督。

上车后，火车慢吞吞地开动了，小乔在站台上拼命地和他摆手，眼里还有眼泪流出，周瑜心里明白，他是不放心自己的外出，包括自己的言语和行动，都与现代人有着很大的差距。我会适应的，周瑜告诫自己。

周瑜挑了一个座位坐下后，便盘算着如何去与列车长商量一下自己的想法，因为他要包掉整节车厢，他是个爱清静、爱指挥别人的人，因为他是个将军。

但事与愿违的是,刚坐下不久,一大群的现代都市人,蜂拥着闯了进来,一个个拿着大包小包的行李,像是要去远方赶集的样子,不容分说地,他们凭着一张票便坐满了车厢里的所有座位,有的甚至于站在走廊里,占住了过往的道路。

周瑜原本想发火,可想到了小乔的交代后,他按捺住了原先的焦躁情绪,算了吧,人在屋檐下,无所谓的,只要能够逃脱诸葛亮的纠缠就行,他在内心里安慰自己。

(2)

火车驶过荆州车站时,周瑜的心里非常沉痛,他想着这样一个伟大的城市,现在还被诸葛亮统治在手中,心里不免有一些莫名的忧伤。

一个女人,高高的身材,手里拎着一个微型的提包,打扮得分外妖娆地站在他的面前,令他无比地动容。周瑜没有见过如此妖艳的女子,至少在以前的日历里没见过,比三国时的风华绝代还要性感,他明显感觉有一种力量在左右着他的情感细胞。

自然而然地,女子坐在了他的身边,因为他的身边还有一个空座位,这是他苦吵了半天为自己留的唯一感情空地。但是,现在,已经无情地被一个陌生的女子给侵占了,他本想告诉她这里有人了,请她高抬贵臀,但她身上的香味实在太迷人了,算了吧,就算是怜香惜玉吧。

女子上来就打开了话匣子,她说,先生贵姓呀,我们好像在哪个地方见过。一个熟悉的套近乎的动作和方式,周瑜从来没有感受过如此的温情脉脉,此刻,他感觉自己已经完全失去了原先的威严,他就像个小孩子,在接受一个女人的抚慰。

我姓周，周瑜的周，他加了一句，因为周瑜的名字在现代也是家喻户晓的，他不想一开始便丢掉面子。小姐，是要去远方吗？

是的，我是要去远方，在北京，那里有我的临时居所。说到家，女子的脸突然间改变了颜色，眼睛里开始流出泪来，这让周瑜手足无措，他急忙掏出小乔为自己准备的手绢塞到她的手里，他以为是自己的言语冲撞了她。

正当他无可奈何时，那女人却突然停止了哭泣，说是有家，其实没了，我的男人，和另外一个女人跑了，女人的家里有万贯家财，并且美貌超过了我，和我在一起，他说没有任何意思，索性便离开了。

周瑜觉得女人的遭遇很可怜，便产生了怜香惜玉的念头，男人的心通常是最软的，就像一块豆腐一样，被拿着刀的女人切开，便七零八落啦！

女人接着唠叨，说起那个女人，我觉得太妖了，就如一个妖精，我从来没有看见过她的真面目，相信他也是如此，但是，爱情就这样简单，只是一个过程过后，他便要走了，我成了故事的配角。

有些事是世人说不清道不明的，周瑜赶紧安慰她。说句实话，女人接着说，我原来的男人长得有些像你，真的，很像的，特别是眉宇间带有一股英武之气，就像古代的某位英雄，所以，我一看见你便跟了过来，我只是想在你身上，找到我遗弃的爱情。

女人说着又哭起来，此刻，周瑜真想一把把女人搂在自己的怀里，或者是借一副臂膀给她，因为，她的娇羞正是自己的软肋。

(3)

一路上，女人都在向他表述着自己的感情痛苦，有时候，周瑜觉得现代人也有现代人的悲哀，倒不如古代来得干脆，男人是主角，无论如何都行，可现在却烦琐得很，像是一群人在打感情仗的样子，分不清输赢，结果只是两败俱伤。

到达北京后，女人忽然说想和他在一起去做事，顺便办一下自己出差的事由，周瑜觉得有一个知己在身旁，自己也轻松许多，便答应了她。

晚上时分，周瑜和女人下榻在一所高级宾馆里，本来想要两个房间，可女人不让，说她信任他，无所谓的，她觉得他们很投缘，要和他做通宵长聊，周瑜也有些不舍得，两人一拍即合。

晚上，周瑜和她盘着腿坐在床上，各人讲各人的感情对白，当然，周瑜是个聪明人，他只讲了和小乔的一段故事，没有讲那么多，女人很羡慕地望着他，她说，有时候还是觉得古代的门当户对好得很，至少少了环境的影响或者一方面的感情软弱，无论如何，嫁了都必须天荒地老，可现在，才发下的誓言转眼间便随风而逝了。

说着说着，两人都困了，就一张床，他们偎依着要睡着，正当周瑜半睡半醒时，突然感觉有人在脱自己的衣服，虽然只是很轻微的样子，却让他有些感触，睁开眼，却发现正是女人的手，她的眼中带有太多的迷离。此时，小乔的影子却突然袭了上来，小乔在来时告诉他，现在人间流行一夜情的概念，让他上车时一定要小心点，因为现代的女人是很擅长勾人魂魄的，但有些情况，不是谁嘱咐了就能办得到的，至少周瑜现在已经失去了抵抗的力量。

(4)

周瑜醒来时，女人早已经消失得无影无踪，周瑜擦擦眼，觉得是南柯一梦，他没有多想，觉得自己已经快成了现代人了，因为自己已经适应了这样无能为力的生活。

周瑜返回时，坐的还是这辆火车，他觉得这节火车应该是属于爱情方面的，因为刚才过去的一幕至今仍深深地印在脑海里，挥之不去。

还是第三节火车，周瑜坐在相同的位置上，这次出行他做了自己应该做的事情，他觉得很成功，顺便地，他还给小乔买了一条水晶项链，这是现代女人与古代女人最明显的区别，在那时候，这些东西是没有的，这也叫入乡随俗吧。

一觉睡到第二天上午，去厕所时，周瑜发现了一个熟悉的眼神，那个妖艳的女人，神秘地又出现在他的面前，令他无法相信，那晚的事情至今有些模糊，周瑜不知如何面对这样的事实，但至少，是在相同的地方，在自己的爱情列车上发生的往事，他觉得这也符合一个古代将军所进行的工作范围。

周瑜过去与她打招呼，她也发现了他，你也在这里呀，巧得很，那晚你怎么消失啦？女人敏感地笑着，出去走走，谁知回来时，你却不见了，我以为你不愿意负责任。哪会呢，我是个顶天立地的男子汉，做了总会要承认的，女人微笑着坐在他的腿上，此时此刻，所有的神经都被女人的香艳勾得万念俱灰，周瑜忘了自己的身份。

一路上，有美女相伴，自然精神大增，但快到站了，周瑜却有些害怕起来，因为小乔知道自己的回家时间，这时，肯定在火车站里等候他。

女人看出了周瑜的担忧，告诉他：傻瓜，我们先不下去，就说火车晚点了，这是个终点站，没有人赶我们的，因为所有的司乘人员一会儿都要下班，到时候，第三节的所有位置都属于我们。

周瑜无奈地点头表示答应。

(5)

周瑜回家后的第三天，就收到一条手机短信，短信里告诉他要三天内再去一趟北京，那里有大事要去商量，周瑜觉得可能与自己的未来有关，便回了信告诉对方自己会如期前往。

小乔坚决要同去，周瑜想到火车上的事情来，上次差点露馅，说啥也不能让她去，他对小乔说，下次吧，这次是军机大事，女人是不能参与的。小乔撅着嘴不答应，这是现代，又不是古代，主张人人都参与政治，我该去的。好说歹说，周瑜答应小乔回来时再带些礼品给她，才匆匆忙忙地向火车站赶。

火车站的入站口，那个不知姓名的女人迎了上来，正好与小乔来个脸对脸、面对面，她很熟悉地与周瑜打招呼，并且礼貌地向小乔问好，并且说这女人长得真俊，好像古代的四大美女啦，小乔不知她所云是何，只是觉得人家夸自己长得漂亮就已经足够啦，便不好意思地低下头，心里也没多想。

眼看着，他们两个消失在进站口里。

周瑜自始至终觉得这个女人有些蹊跷，但却找不出其他可以解释的理由来，他觉得在火车上问一下她的来由最好，因为现代也有许多人在执行着骗子的把戏。

火车走了好远后，他突然发问：你能告诉我你的家乡在哪里吗？她答：在一座竹林里，在农村，那里鸟语花香，空气清新得很，有时间的话我们同往。那么，我问一下为什么每次你都能和我相遇，这是一个很致命的问题，周瑜想着女人可能会以多种借口搪塞，或者干脆找个借口绕开话题，因为此问题一旦说错了，可能会让他查出自己的身份来。

但周瑜没有想到的是，女人却说，缘分吧，每次我出差，我总觉得好像有人在等着我，却不知是谁，到了却发现原来是你。

只是一句简单的话，周瑜原来的担心消失得无影无踪，他也是相信缘分的，就像他们第一次相见时一样。

(6)

中途休息时，由于人流过多，周瑜没有想到自己会丢失东西，尤其是自己搞了一辈子的军国大事，他的一把短刀，原来别在腰里，却在过分拥挤时，被人盗走了，他十分恼火，却面子上不敢带出来，他怕女人说他没出息，毕竟自己是个男人，祖上也是有功德的人，说出去是十分丢人的事情，尤其面前站的毕竟是自己的知己红颜。

他找个机会，转了半天，也没有找到，他去找列车上的乘警，人家却说他已经违犯了列车上的规定，车上是不能够带刀的，如果有的话要收缴，并且要做出检查，他没想到会如此麻烦，好说歹说，最后一咬牙说自己刚才犯了头风，其实自己什么也没有丢。

回到座位上，女人问他，怎么去了半天，周瑜说肚子不舒服，女人把一只香蕉放在他的嘴里，并且把一个厚重的红唇印刻在他的脸庞上，周瑜觉得，也算是丢东西的另外一种补偿吧。

下火车时，他们要了北京城最知名的一家宾馆，至少现在，周瑜早已经感觉她已经成了自己名正言顺的情人，他想把自己的青春奉献给她，她也是。

晚上时，少不了一番温存的缠绵场面，周瑜觉得做个现代人挺好的，能够享受到许多对于自己来说不为人知的享受范围，女人的笑容很深沉，他们就要像两条鱼，游荡在黑暗的世界边缘。

(7)

周瑜回来时，已经是半夜时分，女人在半路上与自己分了手，说是为了避嫌，周瑜深情地望着她的身影暗暗伤心，下一次不知会在何时何地，人世间的伤悲莫过于此。

小乔照例来车站接他，温柔得不得了，又是拿棉衣又是拿棉鞋的样子，周瑜觉得小乔只适合做一个家庭主妇。在外事上，她和他是两个世界的人，而他呢，更需要的是像那个女人一样的心态和执着。

周瑜在接下来的日子里，时常想起属于自己的第三节爱情火车，因为上面曾经装载过自己的一片真情，他默默地想，何时会有再次相见的日子，或者就如某些故事，曾经沧海，到了桑田。

就在他的日子风和日丽时，有一天，小乔却突然哭着跑到家里，因为她收到了一大堆的图片，上面有一些画面让人不能直视。

周瑜接过来，仔细看时，却大惊失色，上面分明是一张张自己和陌生女人的照片，如此惨烈，却又是如此地清晰，他不明白发生了什么，怎么会出现在这里？

小乔大哭大闹，非让他解释这是为什么，周瑜无法解释清楚，但这毕竟是事实。

蓦地，他想起了什么，拿起手机，拨打了那女人的手机号码，无论如何打，却只是接不通，好像是不在服务区的样子，周瑜有些被人愚弄的感觉，可能是宾馆的某些人员，偷看了自己的隐私，或者是那个女人，和自己玩了一场恶作剧，看自己如何收场。

周瑜无法回答小乔的问题，小乔以为这是真的，便一转身消失啦，在她的眼里，他已经成了一个无法救药的臭男人，正是她所反感的范围。

周瑜还是觉得有些问题在里面，他一直想探个究竟却一直未果。

(8)

一天夜里，周瑜做了一个奇怪的梦，梦中他遇见了那个奇怪的女人，她摇摆着身躯走近他，他刚想问她个究竟，她却做了一个诡秘的动作，并且摆了摆手，刹那间芳华无迹。

醒来时，却发现手机里有一条最新的短信，周瑜翻开来，却是一组火车的照片，正是自己的第三节爱情专列，在照片里，那个女人，正在冷笑。

最后一组照片是个绝唱，正是自己丢失的短刀，下面还有一行文字：感谢您的军事地图。

周瑜突然明白了，那个女人接近自己的目的，却是为了那把短刀，因为那把短刀里藏有自己苦心多年画出的东吴作战图，那是自己的宝贝，周瑜一直带在身边，但那个奇怪的女人，要它究竟何用。

一个迫切的心理在控制着他的思维，他感觉有一场大的阴谋在接近他，他急于想知道那个女人的身份，以及她接近自己的真正动机。

他不停地打着那个电话号码，却一直是无人接听，正当他六神无主时，小乔却突然跑了回来，她把自己的手机扔在床上让周瑜看，周瑜拿起来一看，口喷鲜血，上面只写着几个字：

桃符感谢周先生的垂爱。

周瑜顿时明白了，因为桃符是诸葛亮的女人。

珍惜自己不会爱

钟无瑕站在学校唯一的一棵榕树下面,她感到自己站在了时间与岁月的背后。这是她头一遭约会,令人可笑的是,她自己竟然不知道是谁约了自己,只是一张可爱的小纸条,背后写满了誓言,浮风还是现实,无论如何,她都会单刀赴会,因为这是青春年龄里的第一次真正的约会。

高二的时间有些窄,钟无瑕一直在狭窄的缝隙里穿梭着自己的生活与学习,在整个女生寝室里,她是最保守的一员,虽然老师看得紧,哪怕家长要求十分严格,但大家还是暗度陈仓、鬼使神差地为自己准备了一场经典的初恋故事,在全班里,几乎每一个人都有,除了钟无瑕。

煞有介事也好,是被强扭的瓜也罢,反正有人流传着一份爱的清单,谁与谁有可能会成为天生的一对,哪个男生与邻班的女孩子瓜田李下之嫌,当然,这名单当中,没有钟无瑕,因为她不会爱,不敢爱,她只知道躲在静好的岁月里拼命地学习,不会调剂自己的业余生活,爱也是一种业余爱好吧。

这是个多事的年纪,这样的年纪谈天说地还好,如果涉及了爱慕,便一定会遭到万世的唾弃与谩骂,但青春是一道漫不经心的菜,没有人能够禁得起岁月的推敲与时间的琢磨,更不会去拒绝一场上天赐予的绝世爱宴。

钟无瑕一直等到晚自习下课了,仍然没有一个高个子男生驾到,她感觉自己被戏弄了，一股子无名火油然而生，她好想找到这个好事的男生，让他从此后消失于自己的视野里。

金海英站在自己面前，她一向爱捉弄人，但从不在别人面前吐露自己的芳菲，无论对方是男是女，狂妄中的矜持是她的天性。

金海英是来请教钟无瑕难题的，但钟无瑕心不在焉，钟无瑕一直想着那个向自己写情书的男孩子，今天早晨，她意外地收到了他的第二封情书，第一封是约自己，第二封则是道歉信，信中写了许多昨天不去的理由，比如说学业紧张，比如说众目睽睽，还比如说人言可畏。

金海英猜出了她的心事，一直安慰她：小女生，快点吧，班里所有人可都有自己爱的对象了，如果你现在还没有初恋，已经落伍了，这个好事多事的年纪，如果不辜负一下子，太浪费了。

接下来的岁月里，情书接踵而至，这种无可名状的情绪破坏了钟无瑕的安宁心态，她的学习成绩开始退步，甚至有一次，竟然上课时间睡觉，而在她的学习生涯里，这可是破天荒的头一次。

无论如何，必须反击，钟无瑕与金海英商量此事，她头一次将自己的心事向自己的好友说出，金海英嚷道："我不必在意就是了，何必呢？爱一个人是没罪的。"

可是，他影响我的心情，我的学习成绩一塌糊涂，长此以往，会耽误我的前途。

你如此在意他，证明你心中有他，你想要这样一场突如其来的爱，是吧，原谅自己吧，我们不会爱。

钟无瑕却入了心，一直寻找机会报复，她暗地里寻找这个向自己写信的人，终于，在夏季来临时，她找到了切入口，通过字迹辨认，包括明察暗访，她将目标锁定在一个叫黄西的小子身上，据说，他留意自己多时。

有本事明着来，何必东藏西躲。

钟无瑕像一阵风一样，飘荡在班级里，她白天没事时努力学习，查漏补缺，晚自习便成了她的自由时间，她时常会在那棵榕树下面徘徊，她在等待时机，因为这小子一定会在某个角落里无声地张望自己。

果不其然，时间定格在一个深夜时分，钟无瑕若无其事地走着，她用眼角的余光看到了黄西的影子，他一个人，伤心欲绝的样子，佯装等人似的站在榕树下面。

两个人，一男一女，分别站在榕树的两侧，却不说话。钟无瑕不想破坏这份安宁，她想安享会儿课堂上没有的静谧，黄西是个近视眼，兴许他根本就没有发现还有另外一位女生莅临在他的左右，他是静等着，直到半个小时以后，一个大个子男生进入他们的眼眸里，他们消失在校门口。

虽然失望，但毕竟，青春里第一次不安依然袭击了钟无瑕，由于离得近，钟无瑕甚至听到彼此的心跳声，黄西虽然其貌不扬，但才气逼人，他的作文成绩一直在班里遥遥领先。

但情书依然如梭般载入钟无瑕青春的史册里，毫无任何征兆，仿佛永远不会停止。

终于，在钟无瑕收到第十封情书时，钟无瑕暗自打了主意，她要戳破这个可怕的谎言，钟无瑕计算了半天时间，下午的固定班会上，一向不爱发言的语文课代表钟无瑕竟然请求在班会上发言。

一开始便剑拔弩张，班主任站在旁边，似乎想打断她的演讲，却不忍。钟无瑕讽刺某个男生，不知耻而后勇，竟然暗地里给自己写情书，自己已经烧掉了所有的情书，让他不要再做白日梦，钟无瑕还揭露了班里的那份黑名单，什么狗屁誓言，这样的年纪，明明写满了不公与谎言，请大家放弃吧，现在，学习才是唯一的主流。

班会结束后，唇枪舌剑，奚落的话语全部停留在给钟无瑕写情书的那名男孩子身上。黄西伪装镇定，可钟无瑕课堂上的讲述，加上大家的猜测，包括对他秉性的了解，所有的矛头纷纷指向了黄西，一时间，云里雾里，配与不配的思忖，那个年龄段特有的嚣张，将黄西推向了风口浪尖上。

黄西于一周后自动退学了，据说他的父亲揍了他，班主任老师甚至警告班里的所有男生女生，控制好自己的思绪与行动，在这个好事的年龄里，请大家按捺住自己的青春。

钟无瑕本以为自己凯旋，可她却突然间发现，金海英也躲自己躲得远远的，本来两个人惺惺相惜，无话不谈，但金海英却一直躲避着她，两人见面时，各怀心事，钟无瑕以为金海英自傲，便不再理她，金海英想辩解什么，可两个人见面的机会少之又少，虽然隔着一张课桌，但仿佛天各一方。

高考过后，照例是一番彻底的放纵，钟无瑕却突然间得到了黄西落榜的消息，在另外一所初级中学里，没有良好的学习氛围，黄西必然败北。

钟无瑕在街角上看到过他，当时，他正驮着一大车的煤球驶向远方，上坡时，钟无瑕帮助黄西推车，黄西刚想说声感谢，却被时间的潮流与人流推向了芸芸众生的海洋里。

大学四年，钟无瑕一直没有男朋友，有人说她在高中时代不会爱，不知道如何向男孩子吐露真情，更不会随便接纳一个男孩子对自己的追求。

钟无瑕再见到金海英时，她已经是一个新娘了，旁边的新郎竟然是黄西。时间推走了一切遗憾，钟无瑕成熟的脸庞上写满了热情，她祝福他们天长地久。

两杯红酒，两个女孩子谈分别后的心情，金海英却突然间号啕大哭起来，钟无瑕不解,金海英却解释道,记得那些情书吗?不是黄西写的,那是我请我的表哥代笔的,我没有想到,他们的字迹竟然惊人地相似,那么多人都有爱了,我们是好友,我只是想帮助你,哪怕无中生有,我不想破坏你的心情,我只是想让你拥有一个爱你的人,这已经够了。

知道吗,我考上了大学,却一直为此事内疚着,这样一场变故,影响了黄西的前途与未来,他没有再考,而是替父亲到化肥厂上了班,其间,他父亲出车祸,母亲改嫁,只剩下他一个人形影相吊,我毕业后,想通了,哪儿也没有去,我去了化肥厂,我对不起他,我要嫁给他,当他一辈子的新娘。

钟无瑕突然间泪流满面,她没有想到,青春岁月里的一场小小的变故竟然影响了一个男人与一个女人的一生,自私、狂妄,不知道如何处理爱情,这是那个年龄孩子的通病,满眼的报复,没有爱呀?

不会爱,是一件多么可怕的事情?钟无瑕突然间抱着金海英大哭起来。

不,你没错,责任在我,珍惜自己不会爱吧,不会爱便暂时没有伤害,保守着爱的秘密,留一份相守与祝福,不好吗?

钟无瑕突然间觉得自己长大了,仿佛再多的刁难与挫折也无法阻止自己前进的步伐与想要幸福的决心,不会爱,不敢爱,也是一种爱的策略,爱也是要好好学习的,不要伤害,要包容,不要诅咒,要了解。

所有身在爱中不知爱的人,珍惜自己不会爱的机会吧,由于由不会到会十分容易,而由会恢复到不会却是多么地艰难?

迟来的爱情订单

当我真的决定去那家公司工作时，我的爱情还是一穷二白，但我没想到的是，进去时，我还是一个男孩，从那里出来时，我却变成了一个男人。

和所有人的工作一样，每一份工作在刚开始时都是新鲜的，但干来干去便出现了单调、周而复始，因此，为了打发无聊的岁月和时光，我所采取的消遣方式无非便是上上网、聊聊天，除此之外，我没有别的可以选择的方式。

我的工作是下市场部的订单，每天都有着烦琐的订单从四面八方的业务处飞驰而来，我必须进行认真核对，然后下到事业部的调度处，事业部的调度员进行核实后，再决定发货日期和最后的生产状况。

因此，和我打交道最多的便是一个叫作青风的女孩，她家是湖南的，也是毕业后被单位招聘过来，不过，我们是同一个学校毕业的，原来曾经有过一面之识。

有了相似的经历和背景，我们工作起来便不很复杂，每天，我都会通过网上下订单给她，而她便从 BQQ 内部网上给我发相应的反馈信息，虽说有些乏味，但我也是乐此不疲地忙碌着，拿了人家工资，必须将本职工作做好，一直是我的做人原则。

在 QQ 上，我结识了一个叫作晴雯的女孩，之所以选择她，就是因为她名字的特别，我好奇地问她："为什么会起'晴雯'这个名字？"她给我丢了个笑脸回答："晴雯一直是我的偶像，也是我的天使。"

居然有人把《红楼梦》里的丫头当作天使，我觉得此人绝对不简单，于是我们便海阔天空地神聊海聊起来，每次都是到了熄灯时还有些恋恋不舍，我不知自己是不是爱上了她。我曾经多次痛恨过网恋这个词，觉得它真是一种虚无缥缈的爱情，但是，当某一天我真的涉入其中时，才发现，这世上有些感情是无法逃避的，现在，面对网上那么多留恋的感情，我只能说一声随缘吧，只是千万别太痴情了，否则会上当受骗的。

我宁愿自己有一次上当的机会，但是上天却一直没有青睐我，就像我的人一样，有些卑微和酸贫，这也许就是许多女孩远离我的理由。

大学时，我曾经谈过一个女朋友，那时，我们的感觉很好，每天就像是在春天，但忽然有一天，和我站在同一条起跑线上的，又多了一个男孩，他以其凌厉的攻势，迅速占领了她的营地，令我回天乏力，当我真的站在她的面前，把所有爱她的理由给她讲清楚时，她的回答竟然是轻描淡写："既然你爱我，为什么要藏在心里，为什么不表现出来，为什么不给我？"

当我把所有的这些故事写成文字抛给晴雯时，那边竟然默不作无声，过了好大会儿，才是一句："许多感情不可勉强，随缘吧。"

自此，我真的多了个知音，在手头的工作做完后，我便迫不及待地上了QQ，寻找着那个充满个性的名字，如果有一天，她要不在线的话，我的心中就会充满失落，是她工作忙在加班？或者是去外面吃饭？抑或有某个约会，我不敢往下想，心想，我们只是普通朋友罢了，我没有权利干涉人家的私生活，但不可避免的，我总会问她刚才是干什么啦，她便回答我："去看电视了，很好的言情片。"我劝她："别看那么多言情片，容易使人脆弱的。"她答道:"谢谢,我有理智的底线。"

而这期间,和我打交道最多的还是那个叫作青风的女孩,除了工作,我们几乎别的都不谈,她好像也很冷淡,虽然脸上时常带着笑容,却总让我想起强颜欢笑这个词来。

终于有一天,我在内部网对她说了一句玩笑话,那是附在一张订单的后面偷偷发过去的,因为,公司有制度规定,绝对不允许用BQQ在工作时间聊天,我说:"你是不是该找个男朋友啦,看你孤单的样子,容易使人变老的。"她扔给我一个哭脸:"本姑娘没这爱好。"

而这时,我的婚姻老大难问题终于引起了部长的高度重视,某一天,他突然对我说:"给你介绍个女朋友,家就是本市的,在人民医院工作,是个护士。"如此盛情我是绝不能拒绝的,更何况我现在真的需要一场轰轰烈烈的爱情来滋润,于是,在某一个晚上,在部长的带领下,我打扮得油光粉面,穿了西服、打了领带,坐上部长专供的车,然后潇潇洒洒地去约会。

第二天上班,整个公司都在谈着我的爱情故事,什么见面时,我站错了地方,送给姑娘花时,把花儿撒了一地,等等,其实我是真的没出息的,一场爱情故事的开端不是太好,但幸运的是,人家姑娘并没有挑我的礼,反倒非常有礼貌地接受了我的吃饭邀请,虽然一晚上并没有说几句话,但我的感觉却是真的良好,把所有的这些情况总结起来,我觉得自己的表现还算优秀啦!

冷不丁地,内部网上有人扔过来一句话:"下的订单有毛病,字写错啦!"青风像吃了臭豆腐一样,一上班就开始挑我的毛病,原来我们之间的许多默契和约定转眼间跑到九霄云外,我不知道什么地方得罪了她,但对付姑娘,我是自有一套妙计的,那就是你如何都好,本人大度,不理你总算行了吧。

但糟糕的是，晴雯这两天也是一直不在线，无论我怎么邀请都无济于事，我索性退了网，趴在桌子上，想着芜杂的心事。

但是，人总是耐不住寂寞的，在某一天的零点时分，我睡了一觉起来，急忙赶到办公室打开电脑，幸运的是晴雯居然在线，我急忙发去问候："这两天你怎么消失啦？"

她过了好大会儿才回答我："我有心事，我的心情不太好！"

"有什么心事能给我说一下吗？或许我可以为你排除。"

"管好你自己吧，还是个光棍儿，也不为自己的终身大事想一想。"

"我无所谓的，单身惯了。"

就这样，气氛有些浓重，我们你一言我一语地聊着，但我明显感觉她有些异常，至少已经失去了原来的激情，我没有再过多问她，我害怕自己的言语会伤害一个姑娘的芳心。

最后她告诉我："我要走了。"

我问她："你要去什么地方，你的家不在本地吗？"

她告诉我："我的家在遥远的南方，我需要回到家乡，这里已经没有我的容身之地。"

然后便是长时间的沉默，我本想安慰她几句，但她却下线了。

至此，连续两三天，我都没有收到晴雯的消息。

而我的爱情近来可谓蒸蒸日上，除了每周约会一次外，我的生活倒也充实，我真的需要感谢部长大人，要不是他，我的感情还处在空中飘呀飘，不会有任何落脚的地方。

那天，下一份订单出了问题，恰好那个叫作青风的女孩居然没有在网上，在万般无奈的情况下，我步行前去他们的事业部，我想到那里改一下订单，否则会影响产品发货。

　　这还是我一年来首次去生产现场，由于距离较远，我花了十分钟的时间才走到，走进他们的办公室，我想找那位叫作青风的女孩，但是她却没有在，办公室里面没有人，她的办公桌上空无一物，我心中生疑。

　　我坐在她的办公桌前，突然发现她的办公桌下居然压着许多画册，那些画册都是《红楼梦》里的人物，上面最多的，居然是晴雯的画册。

　　这时，一个大眼睛的女孩走了进来，她问我找谁？我说找青风核对一下订单，她回答我："青风已经辞职走了。"

　　我心中突然出现了一丝不安，"你能告诉我她为什么要走吗？"我问那个女孩。

　　"具体原因我也说不清楚，但是我知道，她可能是失恋了，因此，她不想留在这个城市。"她回答得让我心惊。

　　"她不是没有男朋友吗？"我紧接着问她。

　　"她在网上认识一个男孩，好像就是我们本市的，但是他已经快结婚啦！"

　　"在网上，你知道她的网名吗？"

　　"知道，她的名字叫晴雯，你没看见吗，办公桌上都是晴雯的画册。"

　　"她什么时候走的？"

　　"刚刚才走，我刚送她到车站，是晚上的火车。"

　　我感觉头有些晕，我不知自己是如何走出去的，那天，我旷了工，我疯狂地跑向火车站，在火车站偌大的候车厅里，我找着一个叫作晴雯的女孩，但人海茫茫，我站在候车厅里，欲哭无泪。

　　我忽然想起了她的手机号，我试着写了一条短信："产品：一个男孩的爱情，交货时间：现在，保存期限：终生。"

短信发出后,我蹲下身来,双手捂住脑袋,任眼泪流成了河水。

这世上有许多东西都可以错过,但爱情是绝不能错过的,如果错过一场刻骨铭心的爱情,我真的情愿自己永远消失在人世间,多少次,我告诫自己,但是现在,由于自己的愚昧无知,竟然错过了一场风花雪月的爱情,我真的不能原谅自己。

那晚,我守候在电脑前,等待着最后的结果,但是许久,依然没有任何的消息。正当我彻底失望昏昏欲睡时,忽然音箱提醒我,有人在呼叫我,那是一个久违的声音,晴雯在网上提醒我:请到火车站接你的货物,货物名称:一人女孩的爱情,接货时间:现在,接货人:一个男孩,保存期限:永远。

这是一张迟来的爱情订单,我会用一生制作,然后珍藏。

112路公共汽车上的爱情空位

我的蜗居在这个城市的最东边,我的工作地点在这个城市的最西边。因此,我每天都得跑两遍这个城市的极限,112路公共汽车无疑成了我最大的载体。

每天早晨,我都会把自己从睡梦中硬生生地揪醒,惊慌失措得像个上学要迟到的孩子,刷牙、洗脸,再到下面的店铺里买个烧饼,咬在嘴上,跑到路边的站牌前等112路公共汽车,就这样,三年过去了,我的生活单调乏味,就像站牌下的那盏等候灯,车来了明,车走了灭。

每次坐在车上,我总会想到我的未来,甚至于爱情。看看周围,许多和我一样年龄的人都已经结婚生子,而我却还是孑然一身,想想总有点悲哀。曾经有过两次不成功的爱情经历,第一次是在学校里,那也是我的初恋,我爱慕一个男生,他也一直在向我暗示着爱情的方向,但是,我们之间有着不可测量的距离,我们的志向不同,脾气不同,甚至于对一件事情的看法也不同,因此,毕业那一天,我断然拒绝了他的无理要求,他则根本没有把本小姐放在心上,只是一句简单的"再见",我们两年的爱情故事轻轻画上了一个句号,让我这个从未经过事的小丫头痛哭流涕,那可是真真切切的初恋呀,最初的洁白,转化成一滴水,滴在我年轻的脸上。

第一次的打击绝对是致命的,因此,我害怕谈到爱情,如果有一个人在我的旁边提到哪一个男人和另一个女人如何如何地从恋爱、结婚，又到离婚，我总会恶心半天，我想：费那个工夫干吗，爱来爱去还是回到了不爱，其实，只有无爱才是一种大爱，干脆，本姑娘终身不嫁，看爱情能把我如何？

说这句话时，天好像下了雨。

毕业的第二年，又一个男孩走进我的世界，是别人介绍的。上过第一次的当，吃过了第一次的苦，我的心中七上八下，不敢接受突如其来的爱情果实。后来，不可抗拒的，我们恋爱了，并且爱得如痴如醉，不可收拾，最后却一塌糊涂。

在某一天，我突然发现他和另外一个女人在一起，当我突然间惊现大闹一场时，那个女人却走了过来，一个巴掌，"臭不要脸的，勾引我的丈夫。"我一时间无言以对，原来，他是有妇之夫，我没有听他漏洞百出的解释，转眼间，离开了那座城市。

现在，正是早上7点20分，习惯地，我走向了路边的站牌。

112路车像个久病刚愈的人，"吱吱呀呀"地停在我的面前，我手里拿着硬币，上了车。车厢里没几个人，当我把硬币扔进投币箱的一瞬间，我发现有一双眼睛在注视着我，那是一种出于本能的心理防护。在第二排的里边，坐着一个很阳光的男孩，他手里拿着一份《大河报》在看着，但眼睛却和我的目光碰个正着，我赶紧移动目光，他也转向了别方。他的旁边，有一个空位，我一向不爱和男孩打交道，于是绕过第二排，我坐在最后面的座位上。

第一次的相见，我没有过多地重视他的存在。他就是一个再普通不过的人，融入整个大千世界，我无法找到他的踪迹。

一个星期后的一天早晨，是个星期天，我和同事樱子一起，起个大早，到城市中心医院看一个久病的同事。刚刚踏上112路车的一瞬间，我就发现了他和他的目光，还是第二排，他的手里依然拿着一份报纸。我们往里面走，樱子拉过我，我们坐前面吧，前面晃动轻些，我对她说："我不爱坐在前面，你坐吧。"

由于人很多，司机一个急刹车，车身出现了倾斜，樱子顺势坐在那个男孩旁边的座位上，而我呢，和他们隔了一排。

那个男孩收了报纸，回过头，很深情地看我一眼，在和他目光接触的一瞬间，我感觉到一种无法抵挡的力量，那是一种怎么形容的感受，我无法说清楚，但我是矜持的，我没有被眼前的威逼利诱所吓倒，只是抬眼看着窗外。

我们下车时，他还没有下车，樱子突然问我："你认识那个男孩，长得很帅呀，好像周润发。"我摇摇头，她紧跟着说："大姐，你也不小啦，遇见了心上人，一定要勇敢一点哟，要不然，可被别人抢走啦。"我很尴尬地对她笑笑，无所谓的样子，就这样吧，爱情就像一阵风，来匆匆，去匆匆罢了。

两个星期后的一个晚上，公司总经理突然通知我要去见一个很重要的客户，地点就在中原宾馆。当我们到达宾馆门口时，已经有几个人站在门口等我们。一下车，一个熟悉的身影便映入眼帘，那个很灿烂的男孩，竟然站在人群的中间，我一时间不知所以然，总经理拉了我的胳膊，我收回了当时的难堪，一一握手时，总经理介绍来人给我，到他时，他突然说："不用啦，于总，我们认识的。"总经理笑着说："噢，你竟然认识黄总的公子，很好，那我们的业务肯定能够成功。"

后来，我才知道，他是一家手机制作公司老总的儿子，那晚，我越发像一个淑女，不知道如何处理我们之间的关系和称谓。总经理看我很尴尬的样子，好像看出了某些端倪，他竟然决定：由我作为本公司的特派代表与他们联系此项业务。

我勉强地点点头，看看表，我告诉总经理我今晚还有事，必须回去，于总答应了我的要求，并且要用车送我，那位男孩突然站了起来，"于总，您休息，让我送吧。"

那晚，坐在他父亲的车里，我一直没有说话，他倒是很放得开的样子，他对我说："其实，我一直不喜欢坐轿车，很难受的，我一直喜欢坐公共汽车，随随意意地，和你一样。"他接下来又开始唠叨："我们经常碰面的，在公共汽车上，我一直感谢112路汽车。"我不知他说的话出于何目的，但是，对于这种公子哥，我是绝对必须高度警惕，要么是喜欢玩女人，要么是爱占便宜，电视里演得多啦。

那晚，我始终默不作声，甚至我下车时，也没说"再见"二字，只是回头看了看他，然后转身消失在路边。

我们之间的业务合作也顺利得很，他甚至代替了他公司的业务员来和我谈生意，每次谈时，我都是一本正经。我是个正派的女人，绝不允许在工作时间内谈情说爱的，也许是我的冷漠感染了他，他收回了最初的说说笑笑，在生意场上，我们是一对敌人。

接下来，我便一直收到他送来的花。那天，樱子大笑着跑向我，对我说有人送给你花啦，很漂亮的，在这个季节，玫瑰花可不容易买的，但是，这朵朵玫瑰新鲜欲滴呀。我对她说："我不爱这个，你喜欢你就要吧。"她大发雷霆，说我是个"情盲"，有王子送上门来，却不敢接受。但是，无论如何，每天总会有送花人上门，我总是拿了花，把它们扔在一边，这时樱子总会笑嘻嘻地走过来，慢条斯理地，嘴里"啧啧"地捡起来，然后，悄无声息地退出去。

其实，我一直不知如何处理这件爱情事故。后来，我想了个办法，既然他对我如此痴情，我就要检验一下他的感情纯洁度。在一个傍晚，我起草了一封假信，然后放在樱子的办公桌前，樱子看到时，突然眉飞色舞，我知道她已经进入了我导演的感情戏里。

那晚，樱子打扮得漂漂亮亮的，替我去赴那场本该我去的约会。第二天早上，我看见她一脸的满足感，我的心里感到一阵恶心，照这个样子，他绝对是一个烟花男人，正好配上樱子这样的绝色女子，我在想我的戏往下该如何演，正好，有人给我送花来，我拿了花，第一次打开了上面的字条，是他让人送来的，他告诉我：这已经是送你的第一百朵玫瑰啦，意味着我们已经相识了一百天，愿你天天开心，今晚有空，请到老地方等我。其实，我真的为这些话而感动，但我的戏已经开场了，我必须向下接着导演。我把字条做了修改，我恶作剧地放在了樱子的办公桌前。

晚上，樱子又抹了红唇，擦了烟粉，打扮得像个妖精。我第一次跟踪了他们，我看见樱子从车上下来，转身进了那家宾馆。隔着一层纱帘，我看见樱子走近他，他就坐在她的对面。他站起来，好像是迎接她，由于离得远，他们说的话我听不清楚，但从表情来看，他们好像是在生气。我很高兴，为我的成功而大呼万岁。

第二天我问樱子："听说你谈恋爱了，感觉如何？"樱子白了我一眼："很好呀，我真的很幸福呀，我的小姐。"我对她吐了个舌头，装作若无其事的样子。

就这样，我每天都会改一下送来的花，然后，不知羞的樱子总会准时去赴那个其时应该属于我的约会。

其实在内心里，我是很痛苦的，我不知自己这样做的目的为何，但是事已至此，无法挽回。明明是喜欢自己的人，自己的心里对他也是有一份感动和感觉，但是，为什么到手的生意却拱手给了别人。我曾经在梦里骂过自己，也许，这本身就是一个致命的错误，这真的是在戏弄一份珍贵的感情，戏已成真，我该如何收场？

那天下午，我躲在办公室里看了一下午的爱情小说，一部小说吸引了我，一个女孩，深爱着一个男孩，但是，她不敢吐露自己的芬芳，结果在某一天，那个男孩走了，她失去了一场原本属于自己的爱情，除了悔恨，这样的结局会用哪个字眼来代替。

我忽然间觉得这和我的境遇很相同，也许，是该自己出手的时候啦，要不然，如果有一天，他们的花儿结了果，用多少后悔也无法挽回一个已成定局的事实。

那晚，我第一次主动去赴他的约会。樱子歇斯底里的样子，问今天为什么没人给她送花？我淡淡地笑了笑，然后，开了门，叫了车，去了中原宾馆。

到了那张桌前，我的心异常激动，再一次站在爱情的起跑线前，我不知该先迈哪条腿。

但是，一直等了很久，我都没有等到他，不会的，他明明送了花给我，他不会失约的，他从来没有失过约，包括他和樱子的约会，虽然，那只是一场错误的爱情游戏，但是，今天，我等了许久，还是没有等到爱情的到来。

我无语，脸上有泪水轻轻地划过。

那晚，我失了约，我感觉伤口在流血，感觉自己真的是一个不成熟的女人。

这时，突然播出的电视画面吸引了我。上面说今晚19：00，112路公共汽车出了车祸，车上的乘车旅客全部遇难，事故的具体原因正在调查中。我忽然有一种不祥之感涌上心头，不会的，那么晚了，他不会在车上，再加上，他会开他父亲那辆奥迪去的，怎么会去坐那辆112路车，但是，他是说过的，他喜欢坐公共汽车，尤其是112路，况且，112路是他公司通往中原宾馆的唯一一辆公交车。

我不知所措，直到下午时，才传来确切的消息，他就在车上。

我疯狂地跑向市中心医院，而他，已经进了太平间。我蜷缩成一团，在那个冬夜里，我默默地流泪、哭泣、后悔，但是，再多的补偿也无法收回这场刻骨铭心的爱情，他已经走了，这个故事，已经少了男主人公，那么，女主人公该怎么办，谁能告诉我？为什么会这样。

我抬头询问苍天，苍天无语，漫天的飞雪在空中肆无忌惮。

一双手搂住了我，是樱子，她的脸上漾满了泪水。

"对不起，我早该告诉你的，我不该替你去见他，其实，他是爱你的，每次我们见面，他总问你为什么没来？我说：她在考验你，我是主考官，你必须先过了我这个关。我们的谈话从来没有离开过你，他对你很虔诚的，从不用卑微的字眼来形容你，他说你是天下最聪明的女人，只有你才会用这个办法来考验心爱的人，他愿意接受你的考验，直到你来找他。他说他会每天去坐112路车，因为，在上面，总会看到你的影子，每晚去宾馆赴约，他总会从112路车上下来，他的旁边，始终为你空着一个位子，你知道吗？我的傻大姐呀？"

从此，每当我上112路车，总会看见一个阳光般的男孩坐在第二排，旁边空着一个位子，有一个女孩，绕过那个男孩，轻轻地坐在他的后面。

原来，有些位子就在爱情的旁边，只是有一些人，眼拙罢了，没福罢了。

爱如烟花情如梦

星期天的早上,我还缩在梦里时,紫艳就在门口大叫我的名字,我无奈地开门,却发现门口还站着一个男人,一个长发披肩的男人。

到屋里时,紫艳给我介绍说他叫春天,是个学音乐的,他有着极高的音乐造诣,怎么样,我的新男朋友。

我一时间很诧异,把她拉进我的卧室,我对她说:"你以前那位呢,怎么才间隔三天,又换了一位?"她眉开眼笑:"我们的故事已经终结了,我们互相利用了对方的灵魂和躯体,现在,我们互相厌烦了对方,所以就分开了。人不能总闷着,要学会享受吗,于是我就又找了一位。那天,在城市的西单广场上,一个卖唱的人,就是他,春天,在寒风里不知疲倦地低吟,我从见到他起,就觉得他应该是我生命里的第五个男人。"

她故作深沉,让我觉得这个世界的爱情真到了一触即碎的地步,我不敢苟同她的观点,我们的人生观和世界观有着很大的差别,她大声笑着:"你听他的名字,春天,要了他,肯定每天都有春风拂面,让人心旷神怡。"

上午吃饭时,我仔细盯着看那个男人。那个让紫艳一见钟情的男人,除了有一点暧昧的味道外,我实在看不出他的长处,长相非常一般,只不过掩饰得很好,长长的头发盖住了半边脸,让人琢磨不透;个头也不高,站起来,还没有穿高跟鞋的紫艳高,如果在过去,肯定属于被淘汰的对象;穿着吗,更是陈旧得像个外星人,如果在大街上冷不丁地遇见,除了认为他是一个乞丐外,别无定论。

就是这样一个陈腐的男人,也算是现代都市社会的一种奇景和潮流,什么都在改变,观点、穿着、流行,好像这个世界已经变得让人无法看透了。

他坐在床板上,弹着一首首寒冷的单曲,我不知他现在的心情,但字里行间,明显地带着一丝悲凉,紫艳告诉我:"他在弹琴时,你只需要听,和着他的感觉和心事,你就能融入他的心海里,好像在做梦一样,没多久,你就会迷在他的氤氲里。"

我摇摇头,告诉她:"我对音乐是外行,怎么听,都是一种难受的感觉,我听不出其中的味道来。""慢慢来。"她鼓舞我。我突然间气愤万分,不就是一个破烂不堪的男人吗,为什么让我能够听得懂他,活了1/3的生命从来没有为别人活过,可是现在,凭什么让我去倾听一个自己不爱聆听的心。

我厌烦得不得了,索性去了自己的小屋。他们两个像中世纪的精灵,在外面鼓噪着,一会儿什么要录音听,一会儿又要做刻录,好像整个世界属于他们的。我不耐烦,但不能不给紫艳面子,后来想一想:与其躲在屋里苦闷,还不如出来看看他们的诡秘行动。

我出来时,他们已经出去了,屋里也暂时恢复了最初的平静,录音机里放着他们刚刚录完的音乐,我随手打开它,一首首音乐拂入耳畔。所有的音乐,如果真的是用心做的音乐,如果你能够静下心来仔细地听,总能听出一些其中的味道来,这是前不久,一位音乐家给我说的典故,我曾经讨厌街市上的流行金曲,总觉得是在无病呻吟,但是,当我真的用一种静悄悄的心聆听来自一种自然深处的回响时,我有些不知所措,明明刚才还是浮躁的心，怎么突然又明朗起来，我开始采用另一种观点来看待那个让我讨厌的男人。

一个星期后的上午，紫艳告诉我，她需要回一趟乡下，因为春天的一本专辑丢在那里，在这期间，请我照顾好春天的生活，为他做做饭，洗洗衣服，如果可以的话，可以陪他上上街。

我半开玩笑地回答她："你可要想清楚哟，不要回来啦，你的春天已经离开了你。"她哈哈大笑："那倒好，我正想换一个学绘画专业的人才，正好给我一个天赐的良机，不过，小丫头，他的魔力可不在普通男人之下，你可要小心点呀，不要不知不觉间，跌入情网里。"

晚上，天下着大雨，他冒着雨出去买了许多的酒菜，说是要为我祝贺，我不知所以然，回来时，他脱掉了外套，只穿着一件内衣坐在我的对面，他说："你的一篇文章发表啦，难道不值得祝贺吗？"我惊喜于他的内秀，一个常人未曾发觉的细节，竟然被掌握得一清二楚，那一刻，我忽然对他产生了一种征服和敬佩的欲望。

他坐在床边的桌子前，就着灯光做着五线谱，由于没有人说话，我分明听见自己心跳的声音，百无聊赖时，我提醒他："你的衣服脏了吧，正好我要洗衣服，把衣服脱下吧？"他嗯了一声，像个木偶人一样地挪动着屁股，内衣就拿在我的手里，一股明显的体臭侵入我的嗅觉器官。

屋里的音乐又响起来，他摆弄着他的琴，眼里分明闪现着灵感之后的感动，他大声地歌唱，好像在专为某一个人演出，而唯一的观众就是我。

我走到他的桌前，桌上放着刚刚谱好的单曲，单曲的名字叫作《只是一朵茉莉开》，曲的内容和歌词写得一样缠绵，他走到我的后面，用手抱住了我的肩膀，"这首歌送给你，只送给唯一的、永远的你。"我一时间跌倒在朦胧的怪圈里，在他怀里的我，已经不再是一个单纯的女孩子，仿佛在刹那间，我已经从另一个高度飞到另外一种高度，一种强有力的冲动感占据着我的神经底线。

理智还是战胜了欲望。我甩开他的拥抱，对他说："谢谢你的作品，你能告诉我你为什么把它送给我吗？是不是你见过的所有女孩你都要为她们谱曲？紫艳对你那么好，你对她是什么感觉？"一连串的问话我扔给了他，我必须搞清楚他的内心世界，要不然，自己可能会跌进狼窟里。

他无奈地苦笑："我说了你也不信，我见过的所有女孩，包括紫艳在内，只不过是我的一个观众，一个只看我演出一场的观众，我们只是在演戏而已，在戏中我们表演着世上的风花雪月，可是一旦戏已经结束，我们就成了陌路人，也就是说，我们是在互相利用着对方的肉体、精神和灵魂，占有过一次后，我们麻木的神经突然间苏醒，去为下一场的彩排而努力。"

他接着说："你是唯一的女孩，因为你的身上还散发着这世上已经仅存不多的单纯和洁白，你已经让我痴迷，让我有了一种回归自我的原始感动，正如你的文字一样，你散发着经久不灭的魅力，促使着我在为你而歌唱，为你而产生服从。"

我推开了他可怕的手，转身逃进了黑夜，一时间，我不知如何面对一个如此有耐性、有温性的男人，说他是一个情场老手，不过分，因为他的表演才华似乎能令所有的女孩子臣服；说他是个感情专一的情种，也在情理之中，因为他的眼里分明闪现着感动的眼泪，还有那可怕的神态，分明是经历过后的伤痛体现、大灾大难之后的幡然悔悟。

第二天一早，我回到了住所，早饭已经摆在桌上，他的人却不知去向，桌上放着一封信，信下压着那首《只是一朵茉莉开》的单曲，信上这样写道：我走了，去寻找梦中的天堂。感谢你几天来的悉心照顾，是你的执着感染了我，我已经决定丢掉过往的浮沉，重新面对新的生活，为了音乐，为了梦中的你，我只有选择奋斗。

我坐在桌前，深深地为一个男人的失去而悲哀，只是几个夜晚，我已经憔悴不堪，这世上能让我消瘦的人能有几个，恐怕花开过后，又是一阵长时间的沉默，那春天已经消逝在远方。

几天过后，紫艳大包小包的回来啦，我对她说："你那个男人已经走了，是不是去找你啦！"她对我说："从我走那天起，我就已经把他给丢了，感情就这么回事，别太当真，否则太累啦！我告诉你，过两天我给你介绍一个学绘画的，大胡须，人高马大的，绝对与你般配。"

我坐在自己的小屋里，录音机里播放着那首《只是一朵茉莉开》，有泪水从脸颊无声地划落。

原来，爱情只不过是一场烟花，一阵灿烂过后，就是长时间的黑暗和沉默，我渴望那烟花燃烧的刹那，虽然只在我的生命里有过一次，但仅仅一次，就令我颤抖一生。

90度爱情，360度转身

(1)《小鸟伊人》的速描

我一直喜欢童话里那种楚楚动人的场景，有一个烟火一样的女人，坐在西湖边，看着天边远去的白云和流水发呆，而这些，将全部定格在我年轻的记忆里，我呢，是一位绘画的高手，正好拾到了这个难得的机会，让我在一饱眼福之外，能够将这份美丽永恒在我的手中，变成一份永远的艺术品，供千人瞻仰，万人仰慕。

这是梦中的故事，至今仍像未来一样缠绕在我20多岁的心灵上，但大二的天空不太明朗，除了单调外，我能够找到的就是花丛中那些成双成对的场景，但这些，是大众化的风景，不是我的感情可以捕捉的范围。

那天，我一个人背着画册，信步迈在西湖边，这是一个怎样的世界呀，我看见整个天呈现出淡蓝色，正当我思想神飞时，我看见一个女子，趁着晚霞，好像一个瑰丽的梦，贴在我的现实里。

我所有的想象力与现实产生了强烈的摩擦，我要记下她，要她永恒。

画结束时，那个女子早已经不知去向，但我的心里却记下了她的面容，为了表明我的爱情观，我将画做了一些加工，起了个很好听的名字《小鸟伊人，华丽的90度爱情》，画中一个女子，修长的身姿，正弯着腰等待爱情的降临。

为了表达自己的艺术心境，我索性将成熟的画张贴在了系里的宣传栏里，这里是所有的同学自由发挥才华的展示空间，我们可以发表所有属于自己的作品。

(2)《小鸟伊人》的风波

怎么也不会想到，我的画竟然起了太大的风波，这主要来源于大家的炒作和翻新，校园里的生活非常枯燥，一旦有一个新鲜的话题往往被大家传诵得很久，这也不例外，尤其是我的画，加上自己的构思神勇，的确有些让人想起秦淮河边的美丽女子，但有一条致命的因素在里面残存着，我是后来才得知，他们竟然找到了小幅画的原生态主人，秦伊人小姐。

秦伊人，财经系大二学生，与我异系，但却是同龄人，她的确长得有些小鸟伊人的感觉，这是同学们后来谈论的焦点问题，但我无论如何也不会承认这样绘画的目的是为了讨取秦伊人的欢心吧，原本，我就不认识她的。

但导向的影响力太大了，没几天，那幅画的下面便被人贴上了一份介绍：

主人公以现实为梦境，表达了对某位女子的相思之情，用情之切，用爱之专，用心之真，让人望而生畏，的确，这世上好些年没有好故事发生了，让我们感动吧。

甚至有的人，还在下面写上了秦伊人的名字，说画的作者渴望秦伊人用鞠躬的态度向自己求爱，这的确是绘画的最高境界。

我大跌眼镜，他们明白我的苦心吗？明白我绘画的目的吗？原本的无心却让所有的人绚烂得有声有色、国色天香的，如果秦伊人知道的话，该怎么看我呢？

(3) 秦伊人的来袭

但害怕什么，什么就会接踵而来，秦伊人忍无可忍，说我是白痴，是在痴人说梦，我该如何是好呀？那时，我巴不得找个地缝钻进去，因为这样的情况我以前绝对没有遇见过，现在的场景使我很被动，完全孤立无援。

至今我仍记得那一幕见面时的场景，秦伊人和我的几个死敌在一起，把我堵在了校外的某个街口，借着稀疏的月光和灯光，我能够看清她的面貌，的确，我的无心却造就了她的美丽，我的画中女子就好像是为她量身定做的，真的很像的，我就怀疑在西湖边看见的是不是她的真实存在。

秦伊人单刀直入，问我为什么要恶意中伤她，她要我对此事件承担全部责任。

我不卑不亢地回答她，完全忘却了自己正处于孤军奋战的局面，秦小姐，这事与我没有关系的，我做的画又没有表明是画你，这是一些人的恶意炒作，请您注意，我在画中没有表明主人公的身份，也没有表达我的任何意思，所有的内涵都是一些爱看笑话的人编制出来的。

她步步紧逼，你可以这么说，但画中的女子的确叫小鸟伊人，已经有了我的名字的存在，那女子的面容与我一般无二，最主要的是，为什么要有一个90度的鞠躬姿态，这不是表明你在骂我、损我吗？

真没想到，一个原来好好的设计构思会变得如此麻烦，我欲哭无泪，实在没有办法，我以一种低调的姿态向她表明错误，真的对不起，我是无意的，请您谅解，说完，我扬长而去，后面是一阵阵叽叽喳喳的叫喊声。

(4) 180度的爱情转身

几天后，我路过系宣传栏，却发现有人又做了幅画在下面，名字叫作

《90度爱情，180度转身》，画中一个男子，正以90度的姿势向一个女人求爱，而那个女子呢，却转身以180度成了一条直线，丢给那男子的尽是怅惘。

这是谁的恶作剧，这完全是在我绘画的基础上进行了材料再处理，从而又产生了一种意想不到的另外温柔吗？这样的结果就是，这个原画的主人已经向女子认错，并且低三下四地向女子求爱，却让女人给了个闭门羹。

回到寝室，我感觉眼泪从来没有像今天这么充沛过，一点一滴的，让我这个男子汉大丈夫突然有了一种想打道回府的感觉。

最要命的是晚上，我一个人太无聊了，却有几个人说财经系举办了舞会，让我陪他们一块儿过去，又是财经系，我一听就头疼。

在他们的生拉硬扯下，我不得不以低着头的姿态进入舞场，这是财经系每周的例行舞会，舞会里可以容纳所有正在相爱或者正准备相爱的年轻人，而这里，不会是我的天堂。

正当我一个人坐着冷板凳尴尬之时，我却突然听到了有人叫我的名字，你是古古先生吗？

一个含糖量极高、可能会有四个加号的声音，一个小姐叫我的名字，我说怎么啦？她说有人想请你跳舞，在那边，请你过去？

这是一种意想不到的青春收获，我迷迷糊糊地前往，却发现一个小姐，出于礼貌，既然人家叫我，我肯定会以礼相待的，我伸出了手，很有绅士风度地请她跳舞，因为我之前已经得到了她的暗示，我想是她，没错的。

就在我准备弯腰做邀请时的动作时，礼堂内竟然舞乐乍停，华灯初上，一片叫嚷声，喧嚣声，我睁开眼，却看清楚，眼前的小姐正是秦伊人，而我的动作已经闪现在有些人的照相机里。

秦伊人猛地转过了身，以一个180度的姿势结束了她对我的所有忌恨，全场以我的大跌身价而落幕。

那一夜，我是失败者，我以被戏弄者的身份出现在人生的舞台上，我落寞、悔恨，甚至想到了死亡的概念。

(5) 你是一个青春的杀手

从来没有像现在这样失落过，如果是爱过悔恨的话，倒可为自己找一个可以伤心的理由来，但这算什么呀，不伦不类的，像是一群角斗士砍累了，把一只牛放出来玩耍，而我呢，正是这牛的化身。

在病中消沉几天后，我实在无力承担这种让人停止呼吸的生活哲学，我决定退出去，请几个月的假，然后避开这个是非之地。

但临走前，我不会就此收手的，我会让那个戏弄我的秦伊人知道，我不是一个随随便便的人，我会以自己的正义赢得这场战事的最后胜利。

我给她写了封信，信上将自己所有的委屈和此事造成的心理负压和盘托出，最后我告诉她，自己不想要的，别硬塞给别人，人要学会留德，不要将所有自以为是的东西全部摧毁，其实，你正是青春的杀手。

我将信塞进信筒的一刹那，我看见自己的伤口竟然在流血，我用手捂住伤口，为自己做最后的挣扎。

就在我准备收拾行装时，一周后的一天，我却突然收到一封信，很奇怪的样子，说是来自天涯海角的一个地方，打开来，没有落款，只有一幅画，画上一个女子正在做着90度爱情的姿势，而此时呢，有一个男子，正准备以180度的转身离去，一个大大的问号打在男子的转身里，那男子正以某个角度旋转着，好像转了一个180度，却没有要停下来的意思。

我以为又是一些恶作剧的升华，便将信折成一团，塞进了皮包里，我还是进行着自己下一步的打算，不能将自己当成一头驴拴在这条死马桩上。

(6) 变来变去的那幅画，好像变来变去的人生

我告别了光辉的岁月，准备到西湖边做一个离别后，便离开这个千年盛产伤心的古都。

我背着大大的行李，没有人为我送别，因为所有的人都知道我的处境艰难，他们的离别已经被我深深地埋藏在秋风里，任凭风吹雨打。

最后一次路过事发之地时，我却意外地发现，那幅画的最下面，竟然又多了幅画，画上一个男子，正以360度的转身转到了原地，她的面前，一个女子正以90度的姿势求爱。

这也叫人生吗？人生原本是场闹剧罢了，一幅创意好好的画却惹了如此大的风波和争议，我忽然想到了自己有一天也会成为凡·高的，他的《向日葵》可以天下无敌，我的《小鸟伊人》不可以所向披靡吗？我还会回来的，会以一身正气证明我的崇高和趾高气扬。

最后一次，在我校外的蜗居里，我打开了自己的电脑，上了QQ，我想在离别的最后一刻，看看能否有人带给我一份意外的惊喜。

一个叫作秋水伊人的名字好像已经加了我许久，我一上线，她便迫不及待地跑了上来。

我给了她信号，也算是缘分吧，在离开杭州的最后一天，我想用一种清静的心态来结束这场不愉快的战争。

她跳出来问我，可以聊聊吗？我说无所谓，我心情正好着呢？

她说我是杭大的，你呢？我的天哪，竟然是个校友，我管不了许多，便说也算吧。

她问我，学校有一个事件，你可能知道的，我知道她指的是伊人事件，她说想听听我的看法。

我说没有看法，变来变去的几幅画，就好像变来变去的人生吧，没有什么意思，还是外面好，我正准备走呢，到外面去呼吸接一下新鲜的空气，远离纷扰。

那人很着急的样子，她说，但据我所知，这幅画的最后版本已经订下来了，那个女的，正在向男的求爱，她希望男的能够以一种平和的心态来对待她，她不是故意的。

我说你怎么知道，有什么证明吗？

360度的转身呀？说完，那人一晃便无影踪了，她下线了。

（7）我可以送给你一份礼物吗？爱情

去火车站的路上，我一路思索着，百思不得其解，刚才的对话使我若有所悟，我放下行李，掏出原来的那封信看，觉得事件整体布局有些蹊跷，好像是有人专门在等待我似的。

但这些好像与我没有多大关系啦，再过两个小时，伴随着火车的开出，我的梦将停留在杭州，我的心将停泊在遥远的郑州，那里有思我念我的家人，有我一辈子都割舍不下的田园亲情。

由于离开车时间还早，我一个人坐在候车室的椅子上，感觉心情有些冰冷，索性将自己的衣服裹紧些，然后等待离别的钟声。

就在我迷迷糊糊时，我却突然看见了半年前的一幕场景，一个女子，正披着长发向我走来，她手里拿着大把大把的玫瑰花，在我的面前竞相绽放，玫瑰的后面，是那个叫作秦伊人的女子。

我揉着眼睛，不相信眼前的事实，几乎所有的眼睛都注视着我们，秦伊人弯着腰向我献玫瑰,我不知如何是好,这是做梦吧?

她说,先生,我可以送给你一份礼物吗?

我点点头,她说给你爱情吧,我不会让你孤单的。

突然间我明白360度转身的真正意义啦,我背转身去,她拉住了我的手,我来了个黄龙大转身,正好转到了她的面前,望着她的小鸟依人,我感觉年轻的心一下子飞了起来,什么天大的事也比不了我与一位相爱的女子比翼双飞吧,我要飞啦!

其实,所有幸福的爱情都应该以一方的90度开始,而以360度的皆大欢喜结束,因为所有的爱情是相互的,它需要一方的低首,更需要另一方的华丽转身。

第二季

夏季／年华似水爱如烟

那天，我的灵魂终于有了幸福的依托，他的肩膀虽然不宽阔，却结实得要命，他的体魄虽然不高大，却依然英俊挺拔，我真的庆幸自己找到了失落已久的爱情。

　　一杯酝酿了十年的酒，忽然间被岁月的手打开，然后便是芳香四溢，醉了一生的光阴。

年华似水爱如烟

(1)

大二那年的冬天，林斌已经渐渐熟悉了这种单调的没有生气的生活方式，他每天做着自己想做的事，但这些，与爱情无关。

过去的一年里，许多同学都蠢蠢欲动起来，他们一个个成双成对地出现在月上柳梢头的境界里，这一切，的确令林斌羡慕不已，但他想着，也许自己的爱情还不透吧，算卦先生说等到自己二十四那年，婚姻就会有一个好的开端。

林斌路过女生寝室楼时，习惯性往最边上的窗户口张望，这是他每天下课养成的习惯，那里面，住着一个个即将燃烧的心，也吞噬着林斌日渐成熟的爱情观。

那天是周末，他走过时，恰巧一盆脏水从窗户里飞出，一点没有浪费全部浇在了林斌的身上，正是寒冬季节，瞬间林斌便成了冰糖葫芦，窗户口有几个女生叫嚷着，林斌抬头向上面嚷，怎么回事？没长眼睛吗？

他不顾一切地向女生寝室楼冲，自己刚买的"波司登"也很快结了冰。

1号寝室门口，他像个冰人一样瞪着她们，其中几个女生还在小声地笑着，独有一个女生，正低着头摆弄手里的纽扣，无果而终，总不能挨着训人家一顿吧，林斌大叫晦气地下了楼。

晚上，林斌遭了罪，寝室里本没有暖气，加上今晚有零下八九度的低温，寝室的一些哥们儿都回家去了，只留下他老哥一人干熬，要命，林斌将衣服晾在临时搭成的衣架上，自己只穿着件衬衣像个小猴子似的来回奔跑着。

(2)

冬天天黑得早，才八点多钟，窗外已经是华灯初上了，寝室门响了，林斌烦恼地去开门，同时一股寒流隔着门缝向里面冲击。

一个女子，林斌以为人家走错寝室了，便说我们这里是男寝室，小姐你走错了吧，女寝室在南边。

不，我找你，对不起，那水是我泼的，我觉得过意不去，所以给你来送件衣服。

不会吧，林斌仔细端详面前的女子，清瘦的面庞，正在成长的瓜子脸，他看清了，正是下午那个摆弄纽扣的女子，她的手里拿着件呢子大衣。

林斌将女孩让进屋里，她自我介绍说叫杨子，我们同系。

本来是很尴尬的局面的，两个年轻人在一起，半天没有人说话，杨子只是在说着对不起之类的话，她说今天与几个女生在一起玩耍，谁输了就要将脏水泼到后面的路上，我输了，正泼下来时，突然发现你的身影，但已经来不及了。

林斌傻笑，你们也太调皮了，我们男生可不这样玩，太小家子气，我们会玩喝酒、打牌，谁输了谁请客。

只是林斌的一笑，屋内顿时暖和起来，杨子说你怎么没生个煤球炉呀，下面教务处有，你可以去领的，要不屋子里会冷得厉害，林斌说男子汉没那么娇气，我只是刚才受了点小风寒，躺躺便没事了。

但杨子还是坚持地跑了下去，不大会儿工夫，她笨拙地搬上来一个中号的煤球炉，令人难以置信的是，这个脆弱的女子，是怎么将煤球炉搬到四楼的。

林斌伸出大拇指说杨子是巾帼英雄。

(3)

这么个脏水奇缘，竟然促成了林斌的爱情，日后，他们两个的交往多了起来，第二天上午，杨子便过来敲门说要将衣服拿去外面干洗，效果好且快，不耽误工夫。

就这样，一来二去的，他们从相识到了相知，又从相知到了相爱，这是一个必然的过程，在这个过程的执行过程中，杨子起了至关重要的作用，她心里一直对林斌怀有愧疚感，总觉得那天的事让林斌很丢面子。现在，几乎学校的所有同学都知道关于他们的爱情故事，有的人还说得天花乱坠，所以，在日常生活中，她以百倍的呵护来温暖林斌的粗犷和执着。

大四那年，他们都面临着互相择业的艰难，她毅然决然地留了下来，和他在本市的郊区合租了一间土坯房子，她在家里做内勤，而他呢，每天如幽灵一样出没于都市的各个角落去挣他们柴米油盐的辛苦钱，每天回到家里，她总会准时地出现在门口接他，她原来黑瘦的脸庞，更增添了几分落寞和沧桑。

在外面的历练增加了林斌对这个社会的熟悉度，也在逐渐地影响着他的生活目标。

那天，一位同学过来他的蜗居看他们，同学一起来的，一位身材苗条的女人，相貌很是出众，林斌羡慕得不得了，吃饭时，杨子和这个女人坐在一起，林斌觉得如坐针毡般难受，他怎么看，怎么觉得杨子太渺小了，怎么想，怎么觉得自己太无能了，他好想倒退到两年前的旧时光。

(4)

在想了一夜后，林斌断然提出了分手，分手没有多少理由可讲，杨子知道他的心事,她只是想自己太像个丑小鸭,无法留住林斌的心,既然在一起对他来说是一种悲伤,那么离开也好。

两人做了短暂的拥抱后,林斌离开了家,将家丢给了杨子一人。

这一年的冬天,林斌一个人过圣诞节,一个人在冰天雪地里滑雪,日子觉得如闲云野鹤般自在,只是在深夜时,他总觉得脚底的温度太冷了,原来,他缺少的,正是一个能在深夜里为自己暖脚的人。

但爱情说来时,谁也拦不住的,在分手的第二年的冬天,经别人介绍,林斌认识了一位小姐,她叫江枫,如同名字一样,有着火一样的激情和浪漫,她的个头和自己差不多一样高,一看,就知道是郎才女貌式的才子佳人。

他们热烈地拥抱,然后接吻,一来二去的,轻车熟路的林斌顺理成章地使她成了自己的女人,江枫的才气逼人,人人都说他们是天作之合。

当他们的爱情准备踏入婚姻的殿堂时,一件事情的发生使林斌大跌眼镜,那天,他半路回家取忘在家里的物品时,却发现屋内好像有人的样子。

出于机敏,他没有多说话,而是用钥匙悄悄地捅开了锁,在床上,他发现一男一女,正在那里滚烫地拥抱着。

他气不打一处来,怒斥他们不要脸,骂江枫淫荡。

江枫点燃了一支烟不屑一顾地看他,你以为你是谁?你一个月能挣几个钱,想养活老娘吗?就凭你。

(5)

这一段感情就这样不明不白地结束,林斌发誓再不谈及爱情,那年,他已经28岁的年龄,人到而立,他不仅事业上没有成就,就连爱情也伤痕累累,他迫于无奈地回了乡下老家。

父母从地上搀起痛哭不已的林斌，告诉他农村的姑娘多着呢，你也老大不小的啦，快成家吧。

就这样，在他的感情穷途末路时，不得已采用了父母为自己操办的婚姻，他那时想着，人生也不过如此罢了，苦挨着过吧。

婚后，他们倒也没有多少瓜葛发生，只是林斌开始在城市里发展一片属于自己的天空，并且，在自己35岁那年，他终于拥有了属于自己的一份财产。

他将妻儿全搬到了城里。

日子过得飞快，有一天，他看镜子时，却突然发现自己竟然是满头的白发，十年的时光，就这么从指间悄然溜走了吗？

可是，在十年后，有些故事还是要发生的，在一次生意场上，他竟然邂逅了杨子，杨子打扮得楚楚动人，如果不是杨子跟他打招呼，他简直没有认出来。

他说，你变得漂亮了，杨子说都是你的影响，我做了美容，并且回来找你，但你却永远地走了。

林斌一脸无奈，也许是时间给我们开了个玩笑吧，单是一个后悔，林斌无法用语言说出，两个人只是简单地握了握手，然后挥手道别。

晚上看电视时，电视剧里正在播出一段奇缘，一个书生路过小姐的绣楼，小姐正好向下泼脏水，没想到正泼到书生的头上，小姐慌忙下楼给人家收拾，却引来一段旷世奇缘。

妻子坐在沙发上看孩子，一个劲儿地说，狗屁电视剧，都是骗人的，哪有这样的事发生？

没有这样的事吗？林斌苦笑，他的记忆忽然回到了十年前，那个冰冷的下午，一个女孩泼了一盆的脏水，正好浇在一个男孩的身上。

你的浑身怎么湿了，妻子心疼地问他，他扭过身去，泪如雨下。

093

180碗爱情水煮蛋

(1)

这些天,之所以我会选择在虚无的网络世界里消磨时光,完全是因为他,与他相关,完全是因为我已经失恋了,与失恋相关的是,他已经彻底离开我了。

我暂时请了长假,想一个人好好地想一想、静一静,思索一下自己的生命究竟该何去何从,于是,自然而然地,我手里的鼠标便成了我唯一可以满足进攻的武器。

我长开着QQ,等待有人加我与我闲聊,但总是说不了两句话,我便匆匆忙忙地将此人删掉,这年头,所有的男女都是俗气得很,尽都是说些随缘,遇见你真好,这些已经过了时、发了霉的话语。

但也有些不着调,被称作另类人群的,说一些东南西北分不清的话,于是,这些话塞满了所有的博客或者网页,让人眼睛都变绿了。

那天,一个叫作"一梦苍凉"的人走进了我的QQ,他第一句话说道:我不是好人。

我吓了一大跳,随即对此人的性格产生了一种猎奇的心理,我说:何以见得?

因为我是个未婚男孩,这些都挨不上,他紧接着陈述,因为有了爱,所以我才苟活在人世间，要不然，我早已经被五马分尸了。

他的话让人胆战心惊，令我有些毛骨悚然，我刚想关掉他，或者是干脆删掉他，他却说，你别删我呀，如果你还认为我是朋友的话，我们每天只聊五分钟，其余的时间可以去做些别的工作，比如说看书、学习或者爱情，等等。

我缩回了手，给了他个笑脸，表示勉强可以接受。

（2）

他每天下午17：00左右准时上来，他说他是个无业游民，从QQ的背景资料上得知，他居然和我在一个城市，于是，这加速了我的心跳，便顺藤摸瓜地聊了起来。

一个月后，我们已经是无话不谈，当然，除了爱情，我警告过他，除了爱情，什么都可以谈，我甚至知道了他的年龄，居然只有24岁，我整整大人家5岁。

那天下午，他扔过来一句话，老姐，帮个忙好吗？昨晚我在丰产路的一家餐厅吃了人家一碗"爱情水煮蛋"，结果走时才发现忘带钱了，老弟最近手头拮据的很，能麻烦你帮我去还一下吗？

这个要求有些过分，有些像骗子的味道，但我却有些漫不经心好像要故意上当地问他：在哪个餐厅？多少钱？他说那家餐厅叫"爱情水煮蛋"，就这五个字，灯红酒绿的，好认得很，五块钱。

我阴差阳错地居然答应帮他去还五块钱，事后，我觉得自己傻到了极点，虽然钱不算多，但自己的心为什么是如此柔软呢？禁不起一个男孩的软语相求，这也许是我的软肋吧。

但已经答应了人家，便不能食言，我那晚去了那家餐厅，对老板说帮一个人还钱？

老板翻了半天的账单问我帮谁还？我说不知道真名，网名叫"一梦苍凉"吧，天哪，我竟然忘了问他的真实姓名。

老板也诧异地望着我，当我说清楚是昨天晚上时，他拿出了一张签单，上面写着五块钱的字样，大名签的是彭辉，挺响亮的一个名字，我还了钱，将账单揣在口袋里。

(3)

第二天下午，我告诉他，彭辉同志，钱我已经替你还了，现有证据在我手里，你以后要自重。他说，以后会报答我的，我说算了吧，我也看出来了，你也属于典型的无赖一族。

又是一个月后，他又发出了急救信，说失业了，眼看着揭不开锅了，求我帮他找一家实惠的单位。

简直有些不可思议，我气了半天，觉得这人有些得寸进尺了，哪有这样的呀？

但后来，我突然想到自己的公司正在招聘销售人员，于是，我带着做好事的心情告诉他，你去那家单位应聘，那里的人事主管我认识，并且，我给他丢了我的手机号码。

周三上午，门卫电话说有人找我，说是应聘的，我想可能是他，他来了，高高的个头，年轻的脸，外表很有阳光般的气息，他很有礼貌地说是"青然"小姐让找来的，想来单位上班。

"青然"是我的网名，我没有告诉他我的真实姓名。

经过简单的手续后，他被录用了，那天下班时，他冲我一笑，然后飞奔着离开了公司。

晚上，我突然收到了他的手机短信，说找到工作了，真的很感谢，想请我吃饭。

我说没空，我懒得很，改日吧，去了就好好工作，顺便可以解决一下个人问题。

他又回了，还早呢？我的爱情之花还没开呢？哪会有果子呢？

就这样，彭辉上班时总会冲我甜甜地一笑，下班后便用手机与我聊天，他一点也没察觉到真实的我就坐在人事部的办公室里。

我想，先这样吧，等等再说，以前伤心惯了，冷不丁遇见新主儿，倒突然没了主见。

(4)

那天晚上聊天时，我突然煞有介事地问他，你报到时接你的那位大姐如何？

她呀，我只当她我的大姐，我们谈不来的，为什么？我紧接着问他。

说不清楚，我总觉得是我们是两个世界的人，所以，我很少和她谈话，好像没有共同语言似的。

一瓢凉水瞬间浇灭了我的万丈雄心，我原本指望着好好爱一场的，但到头来，他爱着的，依然是我的网络虚影，我的肉体只不过是一种衬托罢了，在他的心灵世界里，也许爱的永远是"青然"，不是我林萍。

从那天起，我逐渐颓废起来，晚上他找我时，我也故意不回短信，直到一个月后，已经万念俱灰的我辞掉了这份我做了好长时间的工作。

此后，我换了新卡，将旧卡扔在床头柜里，我想我要忘了这段不伦不类有些模棱两可的爱情遭遇。

就这样，三个月过去了，我的生活依然是执着的单身生涯，那天，因为查一个旧同事的电话号码，我重新装上了旧卡，打开时，却一直向外蹦短信息，我数了数，最少有90个，将我的手机塞得满满的。

意思竟然都是一句话：我会每天在"爱情水煮蛋"等你，每天给你做一碗"爱情水煮蛋"，直到你回来为止。

是彭辉，我急不可待地翻阅着所有的短信，最初的一条是这样写的：当我今天去给你交电话费时，我才发现我错了，我无意的话语伤了你的心，但请你相信我是无意的，我真的不知道林萍就是"青然"，林萍就是你，如果知道的话，我疼你还来不及，怎么会惹你生气呢？

捧着这些燃烧着激情的手机短信，我无语凝噎，有泪在眼眶里打着转，我努力控制着不让它们掉下来，但它们还是冲破了理智的闸门，轰然落下。

(5)

那天，我没有换掉旧卡，我想我在等待着一些新的信息。

果然，那天下午17：00钟，他的信息准时到了，上面写着，今天是第91天，也是我们相遇整整一年的日子，我真的没有想到，我的世界会因为你而发生彻底的转变，现在，除了想你外，我真的找不到可以解释的理由来，但愿你能够知道，今晚，我仍然为你做了一大碗的"爱情水煮蛋"，就在那个你替我还账的餐厅，我会永远等着你。

我按捺住兴奋不已的心情，我在给自己一个时间，我想着，再等等吧，为了自己的爱情之花能够真诚地开放，为了自己以后的幸福，我要再给自己和他90天的时间，如果到了180天的时间，他依然能够如此执着地爱着我，我会跑到他的身边，不顾一切地嫁给他。

就这样，一天天过去了，我把自己当成一杯水放在时间的桌上，我每天仍然幸福地等待着那些崭新的短信光临，它们，已经成了我生活中不可或缺的一部分。

到了180天的晚上，我来到了那家"爱情水煮蛋"餐厅，他正坐在那里出神，服务员端上了一碗"爱情水煮蛋"，他要了瓶啤酒，用左手打开，右手揣在上衣口袋里，好像在紧紧地抓着一些东西。

我听见服务员在小心地议论着，这个人真怪，每天晚上都要一碗水煮蛋，只放在对面，却不吃，他说他在等什么人来着，但半年了，还没人来，看来，今晚这碗水煮蛋又要扔掉了。

他仿佛没有听见人们的话语，只是一仰脖将啤酒倒进自己的胃里，然后喘着粗气，盯着天花板的灯出神。

当我的双手伸向他时，他激动地跳了起来，真的是你吗？你回来了，我成功了。

他的右手从口袋里拿出时，我发现了一张火车票，日期是明天，也就是说，如果过了今天，我们的爱情还没有结果的话，我们会永远咫尺天涯。

把水煮蛋倒掉吧，有些凉了，我请你去吃海鲜。

不，这第180碗爱情水煮蛋，我一定要亲口尝一尝。

关于爱情的前世今生

(1)

从一开始，我就不喜欢像松松那样的女子，她说话大大咧咧的，怎么看怎么像《水浒》里的顾大嫂，所以，平日里，一向清高的我，喜欢将自己一个人关在寝室里想心事。

但有一次，使我对她改变了原来的态度，那是一次班级的联谊会上，这家伙一下子提起了我的名字，不仅说我歌唱得好，而且演技也十分出众，文采也秀气得很，曾在某大型杂志上发表过文章，一下子，众星捧月一样将我的生命升到了最高层，同学们纷纷向我投来赞许的目光，松松非让我表演节目不可，然后大家一个劲儿地鼓掌，鼓来鼓去的，令我这个一向内向的人不知所措。

然后，松松跳了起来，说我既然叫张子姨，和某位巨星同名，就得有一点巨星的风采才行，不然的话，有损于中国文艺界的脸面，我没办法，便献丑了一回，但这样子，也达到了我预先的目的，我早就想找个机会让那些男生刮目相看一回，这下子，终于有了施展的机会。

我生平第一次请人吃了饭，那晚，松松和我坐在肯德基的排椅上，吃着冰激凌，我们坦诚地进行了一次交流，她说我人长得俊，才气也好，名字起得也妙，不错。

(2)

我投往校园文学社的稿子终于发表了,我看到审核我稿子的人叫罗汉果,一个奇怪的笔名,我不知他是男生还是女生,只听说他好像初中时就在《少男少女》杂志上发表过文章,一开始,我对他的印象就是有些高傲的感觉,起个笔名,竟然把自己形容成一只果子,我没有打算认识他。

但一周后的一次笔会上,松松却将我介绍给他,他是一个男生,从见面的那一刻起,我就从心中钦佩他,大家毕竟是大家,有气质,好像操场上的篮球一样浑厚的身体,脸上还有密密麻麻的腐乳肉,怎么看怎么像营养有些过剩,我笑他,禁不住表情上带了出来,他上前与我握手,说我的文章写得很好,早该认识的。

松松回答他,你不知道,谁叫人家是张子姨呢?所以,不要看你是社长,以后还需要仰视呢,对待美女我们只有一个战略,那就是俯首称臣。

我们讨论稿子,我惊讶于他高超的记忆力,他能够不看稿子准确说出本期发稿的缺陷和不足之处,还对几位经常写稿的作者提出了忠告,说我们的稿子过于成熟,有的已经脱离校园生活的实际啦。关于恋爱问题,他一本正经地指出,我们所发表的,只能是一些隐含关系的恋爱文章,有些作者写得过于成熟,好像风花雪月一样的漫天飞舞,以后稿子我们要严格把关的。

(3)

夜晚,我们坐在只能容下三个人的小亭子里看天上的星星不停地发抖,我的心也七上八下的。我没有话可讲,可我喜欢就这样与他坐着,只是松松喋喋不休地说着,好像她知道天底下所有的事情似的。我默不作声,但并不表示我没有认真听，我只是不知道如何表达自己的心情，尤其是这种场合，一个女生在场，像个鬼精灵一样，如果说错了什么话，保准第二天能登上学校的广播。

罗汉果突然问我，你好像有心事似的，生病了吗？

只是这句关心的话，却令我突然听到了自己心跳的声音，我只是看天上的一轮月，不敢看夜幕下他的眼睛，我说，好像有点吧，头有些疼，可能是白天说话多了吧。

他小心地听着，对松松说，小姑娘，你那儿不是有发烧药吗，贡献点给这位小姐吧。

松松跑了过来，拿手摁到我的头上，然后又将我的头和她的头碰在一起，说好像没事吧，头没热。罗汉果说，你知道什么呀，有些病是装在心里的，不是你一个局外人能够看出来的，症状多了，谁说感冒只会发烧呀。

松松赌气跑回去拿药了，罗汉果不停地拍身上的灰尘，后来，他突然对我说，有个药最能治感冒病了，我给你背宋词吧，李清照的，我有病的时候，父亲就会背宋词给我，弄得我现在随便一张口，宋朝的故事便会脱口而出。

我笑他的幽默，他则已经酝酿起来，弄得送药过来的松松以为出了什么事情，躲得远远的，我看着她张皇失措的样子一直发笑。

但我从此记得了这个叫罗汉果的男孩，记得在我生病时，他为我背了整半夜的宋词。

(4)

我从编辑部抄了罗汉果的QQ，想着晚上游戏时随便和他聊聊，只是个随便的举动罢了，我并没有想到自己有一天会涉足爱情戏，我在QQ上问他关于人生的解释，他回答得倒还生动有趣的，我直白地告诉他，我是个女孩，一个渴望被关爱的女孩。

当我在键盘上敲出上面的话时，我忽然感到一种刻骨铭心的伤痛和一种刻不容缓的落寞，也许所有的青春都容易出现叛逆吧，我在渴望着一种被关爱的感觉。

我们在网上夜夜笙歌，我甚至知道了他的一些过去，虽然说网络是虚拟的，但我分明听见他手指触动键盘的真诚和期待，我又问他，当你喜欢一个女孩时，你会采取何种方式？他说道，我会手足无措的，至于方式吗？我想我会背宋词的，一句话，他所有的不冷静昭然若揭，我忽然想到那个夜晚，那个为我背宋词的男孩。

当我提起笔为他写第一封情书时，我感到自己的脸从里红到了外面，但自己的幸福还是要自己来把握才好，不然的话，到手的幸福也会付诸东流，写完后，像审核文章一样，我从头到尾看了个遍，只是用笔将自己原来落下的名字轻轻抹掉，我不想让他真的知道我的做法，这也许是每一个初恋女孩的心态吧。

(5)

从他的眼神里，我没有看到异常，也就是说，他虽然收到了信，却不知信的主人公是我，这是最好的结果啦，我只是想让他知道，有个女孩在很认真地爱着他。

当有一天，松松给我说起有很多女孩在爱着罗汉果时，我惊呆了，看着我奇怪的眼神，她拿手打了打我的脸，继续说，罗汉果是那种人见人爱的人，你想呀，如果你去买肉的话，谁不想掏小钱多买几斤呀，听说呀，给他写情书的女孩太多，所以，他随便得很，拆都不拆，把它们都扔在一个抽屉里。

我感到十分地孤独，如果他真的连起码的讯息都没有看到，那么，我最初的想法便会付之一炬。于是，那天晚上，我一个人去了编辑部，因为我刚加入了他们的团伙，所以，我有幸得到了一把难能可贵的钥匙，我在他的抽屉里翻了半天，果然看到有许多女孩子写来的信，它们被随便塞在某个角落里，不停地忧伤着，但我没有发现自己的信。

有同学过来了，我装作镇定一样的稳下心神，告诉自己这只是一场梦，然后下了楼，便狼狈逃窜。

有一天，我看见松松挽了罗汉果的手臂走在操场上，我正好去打开水，看到了如此令人伤感的镜头，当热水无情地洒在我的脚上时，我才感到自己失态了，我跑到寝室里，撕毁了准备发给罗汉果的第二封情书。

渐渐地，我明白了松松的行为，松松喜欢罗汉果，是那种正大光明的，在编辑部里，所有的人都知道他们在恋爱，好像是明媒正娶的那种，谁也无法插入一截，要不然，凭松松的骂街本事，谁见了谁都需要躲得远远的，我也不例外，所以，我选择了逃避。

(6)

也许自小就有成人之美的心态，我坚信自己的选择没有错，我想着，爱一个人就是让他幸福罢了，如果让他忧伤的话，那爱就失去原本的意义了，我采取了观望的态度，将自己的爱当成了错爱。于是，当有一天，一个年轻的男孩向我示爱时，我毫不犹豫地答应了他，也许，只是为了向罗汉果证明一种爱的权利吧。

我恋爱的事情曝光后，我明显感到他的目光在远离我，而他与松松的关系越来越好，我一下子心空了，于是拼命地使自己进入正式的恋爱阶段，于是，发了疯地逛商场，花那小子的钱，当那小子说我太大手大脚了吧，我猛地打了他一个耳光，小子，我告诉你，没钱就别谈恋爱。

他被我打得扭七竖八的，直向我赔不是，说尽可能花钱就是啦，如果没钱的话，他就去卖血，对于他的迂腐，我只是采取揉碎了然后扔掉的做法，谁让他成了罗汉果的感情代理经纪人。

松松过来找我时，我感到一种焦虑感和紧迫感，我不知长时间没有联系的她过来找我的目的，我们去肯德基，这次她请我，她说你恋爱啦，我说是的，到年龄了吗？青春的诱惑是挡不住的，她说你变成熟了，变得能够左右自己的生活啦，我说不是的，我只是觉得爱一个人是一种幸福。

松松继续说，如果另一个男孩也爱你呢，比如说是你感觉最近的那个男孩。

我说不会的，除了新认识的那个小子，我没有第三方的爱，至少现在是这样，松松哭了，哭得我莫名其妙的，她从袋子里拿出一封信，我一看，便愣了，那是我写给罗汉果的情书，怎么在她手里。

松松说，我太爱罗汉果了，所以，我截住了你写给他的所有信件，这样的爱是一种强迫、一种悲哀，但我知道，他一直没爱过我，只不过在与我合演一出戏罢了，对于我的纠缠，他没有办法，只有附和，而这些敷衍，伤害了他自己，也伤害了我们。

她指的我们包括我，我知道，我低下头，天空无语，我们亦无语。

(7)

陷在多种包围之中，我感到自己的身体出现从未有过的症状，我不停地发抖，就像那晚的星星一样，继而，感到肚子有一种奇疼伴随着，终于，我的动作惊醒了我们和好以后从外面搬回来的松松,她叫了救护车,我住进了医院,确认是阑尾炎。

罗汉果风风火火地跑来了,他先于那个臭小子半步,他很有绅士风度地让那小子先进去,那一刻,躺在床上准备动手术的我突然间明白,罗汉果也许是我最该爱的人。

进手术室时,想到手术刀会在自己的肚子划一个大口子,我大声呼喊着难受,不让护士推我进去,罗汉果大声与护士理论着,说能否让他进手术室里,他会给我力量的,护士白了他一眼,你以为这是商场呀,谁想进谁就进,一边待着去。

手术做完后,我身上出奇地冷,两个大男孩,坐在我身边陪着我,我感到一种优越感,后来,那个臭小子,实在待不下去了,便与我告假说想先回去,他累了,我点点头,用感激的目光送他离开。

罗汉果又在给我背宋词了,背得阴差阳错的,我看到松松的手放在病房的门上,推了推,又离开了,我刚想叫住她,却感到浑身没有一丝的力气。

罗汉果在病床前向我表白的时候,我幸福得差点跳起来,我没想到,自己原来万般纠结的爱情到来时会如此轻率和简单,简约得令人心疼,却能够幸福终生。

(8)

松松过来看我,为我带来了一大束的玫瑰,她说我是那种天使般的女孩,谁能够得到我,谁会幸福一辈子的,我感激地看着她。

松松拿手拍拍罗汉果的肩膀,这位巨星可交给你啦,你一定要用终生的时间保护她的,我可是她的娘家人,如果发现你欺负她的话,我可不答应的,她握紧了拳头，同时松开了，我知道她丢掉了自己的爱。

　　出院后的那个傍晚，我们一个从东，一个从西，不约而同地站在人生的十字路口，松松说我好美呀，我说你也不错呀，你会找到属于自己的最爱的，松松笑笑，没关系的，你说的，爱一个人就是让他幸福终生，我钦佩你的宽容和大度。

　　我们握了手，然后一个向东，一个向西。

找一个春天去爱你

张狂的王飞来班里报到时,我理都没理她,我不以为在以后的日子里,她会在我的眼皮底下掀起什么大的波澜,倒是她的几分姿色引起了班里其他没有出息男生的注意力。对于我,那只是一处平平常常的风景罢了,因此,我只会低下头摆弄我手里的玩具。

开始时,她还倒能够装出几分淑女相来,没过几天,她的本性便暴露无遗,就好像《红楼梦》里的王熙凤一样,她高声说话,不顾别人的感受,并且不管认不认识,就会走到你的身边与你面对面地直接对话。有一次,她竟然坐到我的对面看我整理自己的弹弓,当时,我真想扬起手来,在她的脸蛋上画上一个美丽的人生符号,她嘴里说道,都多大了,还玩这些玩意儿,你倒是能够返老还童,我理都没理她,而是继续我的游戏。

几天后,在一次课间时,班里的人都纷纷说着她有个很好听的名字,叫王飞,她笑了,牙齿也飞到了天外似的高兴,她的名字,其实就是为了纳个福,应个彩,所以后来给改的,看着同学们将她当作焦点人物,他们显然中了她设好的圈套。

我傻傻地站着,然后看到了一双愤怒的双眼,她飞扬跋扈地望着我,好像要看穿我的五脏六腑,那天,她没有做出什么过分的举动来,但从那天起,我不敢看她的眼睛。

本来已经成了冤家对头，可偏偏倒霉的事情接踵而至，我请了一天假，等回来时，却发现我原来的同桌早已不知去向，新来的一个女子，正斜着眼睛看我，就在当时，我忽然感到了一种新生的危机感，她倒是很畅快的样子，伸出手来与我握手，说以后多照顾，我们成同桌了。

我找了一个上午的班主任，说无论班里任何人都可以成为我的同桌，但独有她不可，什么理由我说不清楚，但就是不让她与我在一起，她天生与我有着不可调和的矛盾，我有些怕她的双眼，更怕她的那副得理不饶人的蛮横，而这些，那个傻乎乎的班主任全然不考虑，只是他脑袋一热，就将一个男孩的生活彻底改变了。

我画了三八线，严格执行自己的人生观，她好像不在乎的样子，会随时随地地过来骚扰我的学习和生活，我的财产成了公用财产，不仅她用，而且还将它们租赁给后面的学生，就差一个人啦，我的东西七零八落的，惹得我下课时，到处到后面寻找自己的物品，同学们看我倒霉的样子，纷纷在后面捂着嘴笑。

我就是我，一个铁骨铮铮的男子汉，终于有一天，从未主动开过口的我开了金口，我说你太不尊重人了，我的物品，你可以借给别人吗？

我显然说话的语气有些温软，她见我开了口，突然回过头去，冲着后面的一个女生微微一笑，我不知她们在做什么，但我话已经出去了，她就必须回答我。

她说，因为你的不尊重。我想起以前发生的不愉快，心想着，算了，扯平了。

但我却不知，她们把我当成了玩偶和中介，她们在寝室里打了赌，如果我在一个礼拜内能够主动与她说第一句话，王飞就赢了，然后全寝室的人要请她吃饭，她是哼着小曲进教室里的，我看到她嘴唇上面沾满了油，我对她说，你好像去吃东西了，怎么没想着捎一点给我。

她大惊失色地望着我，然后慌忙从袋子里拿出一个吃剩下的鸡蛋塞到我的手里，我伸出手对她说，我们扯平了，以后和平相处吧。

我们交往多了，我发现她没有我想象中的那么张扬，只是有一些无所谓的样子，做什么事都不在乎，好像所有的事情都与自己无关似的，相处久了，交锋总是难免的，即使为一些小事情，她也会拿眼睛死盯我，她的眼睛不像水一样温柔，倒好像一株准备随时发出的飞毛腿导弹，虽然我有爱国者导弹可以拦截，但速度好像还是慢了一些，我不敢看她的眼睛，每次都是我以失败的结果而告终。

悄悄地，不知是谁给她起了个名字叫"大蚂蚁"，他们说她长得有些像只蚂蚁，随时准备好要咬人的样子，我一点也看不出来，为了印证他们的说法，我甚至从近处，再从远处无数次地打量过她，除了能够闻到她脸上淡淡的清香外，我看不出她像一只蚂蚁的原形。

一次测试中，我的问题我全然不会，趁老师出去时，我翻了书，然后再将答案传给后面的同学们，老师回来时，我的东窗事发了，后来才知，是她到老师那里告的密，好你个王飞。

我站在她的面前，怒目而视，她显然已经知道了我的底细，一声不响地岿然不动，我比画了半天，就连后面看热闹的同学都有些着急了，一致同意我拿手去扯她的辫子，终于，在他们力量的鼓舞下，我巨大的手伸出来，向她的辫子进军。

就在同学们快要替我鼓掌助威时，她猛地回过头来，眼睛里点燃着一种焦急和渴望，她是在鼓励我的手，是在怂恿我的手，我受不了了，小姐，我可以请你看电影吗？我慌忙中从怀里取出了两张电影票，本来是想送给老妈的，只有现在应应急啦。

我是赔了夫人又折兵，在整个中专学校里算是丢尽了脸，为了挽回一些尊严来，我努力保持着一个男子汉应有的高风亮节，同学们都说我是人入蚁口，现在是在以尸啖蚁，说我好像成了王飞的奴才，平日里张狂得很，只要是一见她，天生成了一副奴才相，就好像和珅见了乾隆一样，为了挽回自己的一些面子，我时常寻找机会发表自己的就职言论，以弥补自己先天性的恐蚁症。

那天，一个小子趴在桌子上直哭，一打听才知，那小子失恋了，还是让人家给甩了，我是怒从心头起，理从胆边生，我走到他的面前，拍拍他的肩膀，说小子，我同情你，谁不喜欢花前月下的浪漫呢，可伤心总是难免的，你又何苦一往情深，不要怨别人，只能怨你平时太弱了，你成了她的奴隶。所以，她占主动权，而你呢，随时随地会有被甩掉的危险，我敢预言，就是现在不甩掉你，早晚有一天，你的爱情也会成为你软弱的代价，长痛不如短痛，同志，你要努力锻炼自己，把自己锻炼成一块钢，钢是最坚硬的，是无与伦比的，知道吗？只有自己当家做了主人，才会天天看到太阳。

那小子被我的豪言壮语所感动，终于停止了哭泣，然后与我拥抱，在拥抱时，他突然说，哥们儿，你能告诉我，你这些经验都是从哪里得来的吗？还有，王飞可是一只会咬人的大蚂蚁，你能对付得了吗？要不要哥们儿帮一下你的忙，那可是老虎嘴边的肉呀，动不得，又不想扔掉，我真替你担忧呀？

我马上反驳他，不要替古人担忧，兵来将挡，水来土掩，我一向自信，尤其是爱情方面。

正在我唾沫横飞、大放厥词时，我忽然感到脖子后面凉飕飕的，没有人开门呀，我的天哪，大蚂蚁正张着血盆大口站在我的后面，接下来，我的圆规，我的圆珠笔，我的各种各样的玩具飞来我的一身，最后，还有一点，她把手伸出来，结结实实地在我的脖子上掐了一把，我感觉眼晕得厉害，我还没来得及取自己的武器，便摔倒在尘埃里。

自此，我是丢大人啦，几乎所有的同学都说她是我的软肋，说不是一家人，不进一家门，我们是天造地设的一对，虽然我现在不爱她，但将来，我们这对冤家是可以结成百年之好的。

听得我瞠目结舌，真想吐他们一脸。但往事历历在目，从与她同桌的那一天起，我就注定成了她的出气筒，我总想着赢回一点属于男人的尊严，但每次我这块钢都被她克服得粉碎，就在那时起，我真的佩服起"以柔克刚"这句成语的典型性和真实性。

为了逃避现实，也为了给那只蚂蚁一点小小的教训，我决定以离家出走来报复她的无情。

就这样，我收拾了自己简单的行李，一声不响地离开了学校，我就像一颗尘埃，辗转在只属于自己一个人的星球上，我到了冰城后，陶醉于白雪纷纷的冷和冰清玉洁的梦，但越是冰冷，我却越是想念某个人，当我的目光停留在她的照片上时，我忽然想到，我竟然爱上了她，莫名其妙的。

我来时什么都忘了带，却没忘带了她一张照片，那张照片就裹在自己的行李包里，她也成了我寂寞时的力量和慰藉，我天天看她的样子，想自己的手穿过她的头发时的温柔与浪漫。

我开始给她写信时，我已经发现我的心快要碎了，我买了几十张明信片，晚上，我掏出一张来，拿着笔的手虽然奇冷无比，但我还是按捺不住呼之欲出的心情，第一张明信片上，我写道：我的灵魂快要裂了、快要碎了，但我还是想你啦。

第二天，我又开始写：天是这样的无常，但爱却可以使人充满力量和温暖，我开始思念你的笑容、你的柔发，以及你的手掐住我脖子时的疼痛。

一连写了无数封，我还特意在信封里丢了我所住宾馆的号码，但半个月后，那个可恶的小女子竟然不理我，我想她一收到信后，准会哈哈大笑一场，也许她的心里根本没有我，我只是一块云彩，飘过她的天空，然后又转身飘走了，她的天空里没有我的影子。

我又想着，也许，在她看来，我只不过是一个傻小子罢了，她也许会将我的信看过后，扔到垃圾桶里，或者是把我的信当成再平常不过的东西，塞到抽屉的最下面。

但无论如何，我还是要回去了，我实在受不了一个人的孤单和凄凉，当我一脸憔悴地站在她的面前时，她竟然向我伸出了双手，我以为她又要掐我了，赶紧躲闪，她却一把搂住了我，眼泪汪汪地，说她马上就要动身去找我。

我说这次是真的吗？她说是真的，永远是真的，我不会变卦的。

坏了，大蚂蚁又要咬人了，她挥舞着红唇，让人欲罢不能，结结实实地，她将一个红印永远地刻在我的脸上，原来，大蚂蚁咬人不疼的，却有一种幸福的感觉。

天使飞过谁的眼

(1)

那一年，宋清清大概10岁左右的年龄，在她的家里，她遇见了比自己大10岁的马峰，那时，马峰是她父亲的学生，他们整天的钻在父亲的实验室里做着实验，而宋清清对理科是绝不感兴趣的，她只是喜欢看那个高鼻梁的马峰，尤其是他的头发，特别的样子，上面凌乱不堪，像是刚从被窝里面钻出来。

由此，她从特征上记住了他，并且在她的记忆里，她给他起了个很好听的名字"马蜂"，真的很像，宋清清天真地想，这是一个特立独行的人，肯定有着与别人男孩不一样的处世风格。

在接下来的日子里，由于喜欢上了马峰，她开始打破了自己订立的不去父亲实验室的传统，相反地，整日里去实验室蹚他们的浑水，原本一个好好的实验材料，只要是她一去，便会搅得乌烟瘴气的，马峰有时候说她：小师妹，你太顽皮了吧，快去外面吧，这里有化学元素，会伤害你的皮肤的。她却不依不饶地问：你们为什么不怕呢？他答：因为我们是大人呀。

她悻悻地离开他们，心里面在骂着他，她反对别人说她小，她要快快地长大，然后一本正经地站在他的面前，看他怎么解释？

宋清清在闲暇时好写诗，这是她的天赋，也是她和父亲不同的地方，父母常说她在文学方面有天赋，因此一直在向此方面引导她，她写的诗极好的，曾经在《萌芽》上发表过自己的作品，是班级里公认的小才女。

　　那天晚上，她躲在自己的房间里写诗，诗的名字叫作《天使的眼睛》，那晚，她做了一个长长的梦，她发现自己长大了，好像一朵出水的芙蓉，她满头的秀发如水。

　　第二天早上，她在自己的诗上画了一个天使，一个会飞的天使，它正眨着顽皮的眼睛，看着她，在笑呢？

(2)

　　半年后的一天，马峰来时，身后跟着一个姑娘，很俊俏的样子，只是脸上有几只美丽的麻雀在飞舞着，她可能正在出青春痘的样子，那情形有些滑稽。

　　宋清清回家时，他们正在父亲的房间里正襟危坐着，她看到他，一脸高兴的样子，但当他介绍说那个女孩是自己的女朋友时，她的眼泪竟然当场掉了下来，她的父亲觉得很奇怪，便问她怎么啦，她不依不饶，这个哥哥欺负我，弄得马峰手足无措，真像一只受了伤的小"马蜂"。

　　当晚，宋清清在日记里划掉了马峰的名字，至少她觉得，他已经被爱情污染了，所以，他不应该待在自己的世界里。

　　听父亲说，马峰家里非常贫穷，那个女孩是马峰的未婚妻，她从小便与马峰订了娃娃亲，这是山里娃子们所保持的传统，她从小便与他青梅竹马，实际上就是他的童养媳，他的母亲在临死前要求他要照顾好那个女孩，他含着泪答应了母亲，这次，她从山里过来，便是要在城市里找个地方落脚，以便于完成两人的终身大事。

　　宋清清是个心肠很软的女孩，觉得马峰家境可怜，如果是自己，肯定会选择死路一条的，说句实话，她很佩服马峰和那个女孩生活的勇气。

　　一个十来岁的小丫头，躺在梦里想着本不属于自己的心事，她甚至觉得时间过得太慢了，他很想参加他们的婚礼，虽然她的父亲说她还小，儿女情长的事她不懂，但她觉得自己已经长大了，因为自从遇见马峰那天，她就觉得自己的情窦已经初开。

(3)

马峰结婚后很少过来，因此，在最近的一段时间内，她很少知道关于马峰的消息，这么小的孩子，哪里会知道结婚实际上是在增加一种责任和负担，她只是觉得有些怪怪的，结婚没什么了不起的，干吗不过来了呢？

在她的生日前夕，她缠着父亲要他的弟子们来给她庆祝生日，这可有些"冒天下之大不韪"，她的父亲生了气，说她这么小，就会利用父亲的权势，她哭着抹眼泪，说父亲误会了自己，当她说出只是为了见到马峰时，她的父亲愣住了，他问她：乖女儿，你告诉父亲为什么想见马峰？

她本想说实话的，但话到嘴边又咽下了，她的聪明才智使她在父亲面前撒了谎，她告诉父亲只是觉得马峰有些可怜，所以想了解一下关于他的消息，请他到家里来，无非问问他的近况，其实也是替你考虑呢？他是你的得意门生吗？

她生日那天，马峰过来啦，只不过是一个人，脸上冷冷的，伴装着一种微笑勉强地挂在脸上，她觉得很奇怪的样子，但由于父亲在场，她没有问，席间她旁敲侧击才得知，他们的感情不太好，原以为爱情就那么回事，时间长了便会产生感情，但半年多的磨合反而加重了爱情的负担。

宋清清的母亲一直在劝马峰，说现在的年轻人爱情的确有些神出鬼没的，但你应该有一种意志才行，那个女孩就是脾气偏些，人还很不错的，爱情就是一种坚持，过了"七年之痒"，就会风调雨顺啦！

那晚，宋清清莫名其妙地掉了泪，她自己也说不清这是为什么，但自从再次见到马峰后，她就有一种无言的酸楚，她替他难受，觉得和一个自己不喜欢的人住在一起，那感觉就好像住进了冰窟。

(4)

从那以后，宋清清再也没见过马峰，听母亲说他要回农村去发展，便告辞了他们和自己的妻子去了远方，他听从了宋清清母亲的劝告，开始以一种真心化解他们之间的隔阂，这种男人，真是天下少有的男人，这是宋清清对马峰的公平评价。

宋清清开始讨厌文学是17岁那年，依照她父母的安排，她原本是要报考北大中文系的，但她在高考前却改变了主意，她觉得写那些风花雪月的东西是没用的，甚至一天天她开始坚持自己的主张，她的父亲拿她没办法，说这个孩子从小就怪得很。

阴差阳错的，她却学了医，并且考了北医大，但宋清清是学一行爱一行的那种女孩，既然命运让自己选择了医学，她就义无反顾地走下去。

宋清清毕业后到了本市的一家医院上班，由于她的医术很好，三年后，她很快成了医院的主治医师。

在爱情方面，她坚持自己不嫁的爱情观，她告诉自己的父母，爱就是一种浪费时间的象征，所以，她准备做一个都市不嫁族，将来还准备发展自己的会员，父母苦口婆心地劝告也无济于事，最后索性不管她了，任她随波逐流。

按照故事的逻辑，这段故事本来应该画上句号的，但三年后的一天，30岁的宋清清偏偏在医院遇到了40岁的马峰，当时他脸上很沧桑，一脸的病容，她几乎没有认出他来，他是来就医的。

(5)

经过诊断，令宋清清大吃一惊的是，马峰竟然得了严重的尿毒症，这种病有很高的风险性，病人有随时死亡的可能，在交谈中，她还得知，自从他病了后，那个原本对他有偏见的女人便远离了他，并且水到渠成地嫁到了一个远离山区的地方。

他一个人孤独地生活了半年多，实在撑不住了，便在邻居的帮助下来市里的医院进行检查。她无论如何也无法接受这样一个现实，难道她会对他说，你怎么不早来大医院检查这类的话吗？这样的话只会增加他的负担，作为一个医生，她深深地知道，这类病只有换取一个相同的肾源才行，而这种相似的肾源比率是如此之低，也就是说面对他的，可能就是死亡。

她把他安排在上等病房里照料他，她对他说这些年你受苦了，他回答她：小师妹，谢谢你，你依然是那么善良。

在时间的推移中，他的病一直在反复着，这令宋清清肝肠寸断。这些年来，她之所以不嫁的原因原来就在于此，她还是如此深情地牵挂着他，这好像当初那样，他们一个坐在桌子的前面，一个坐在后面，他给她讲故事，说笑话，逗得她哈哈大笑，那情景仿佛就在眼前，但伸出手，能够握住的，只是一把苍凉。

在所有的方案都被推翻后，宋清清突然想到了自己，"死马也可以当活马医"的，如果我的肾源能够满足他的话，那是再好不过了，人有一个肾也可以活的，只要是能够治马峰的病，自己做一点牺牲也是值得的。

(6)

当她把自己的思想呈现在父母面前时，她的母亲痛哭流涕，她问她你这样的牺牲值得吗？这些年来，原来你一直把他牵挂在你的心底，你以为我们看不出来吗？我们原本以为他的离开能够稳住你的心，但造化弄人，时间与我们开了个无情的玩笑，这就是命运的安排吗？

她的父亲死死地盯着她的眼睛，在僵持了好长时间后，父亲告诉她：孩子，你要想清楚，这样的手术是有风险的，你的身体又不好。看着父亲鼓励的眼睛，她郑重地点了点头。

经过检查，她的肾源竟然与马峰的相当吻合，她寂寞地笑，想着也许我们前世今生就应该在一起的，要不然，老天爷怎么把我们的基因安排得如此之近，不要说是这样一种关系的人，如果真是个源头相似的路人，他们也不会袖手旁观的。

马峰的手术很成功，但由于宋清清身体脆弱得很，她却病倒在床上，马峰整日里待在她的床边，生怕她会从自己的面前消失，他问她：师妹，你太傻了，原本好好的身体却因为我……

她捂住了他的嘴，告诉他：也许这是命运的安排吧，前世欠你的，今生给补上了。

马峰从怀里拿出了一首诗，那是宋清清十来岁时写的《天使的眼睛》，宋清清挣扎着坐起来，很惊喜的样子，问他怎么保存的这首诗，他告诉她：临走时，请求了师父，保存了这首诗，本以为会永远保存在心底。

宋清清眼望着这个令自己无限动情的男人，热泪盈眶，原来，从前世开始，他们的情缘就纠缠在一起，直到今生。

宋清清临去世前告诉马峰，她看见自己变成了一个天使，眨着眼睛在天堂里飞，她还说，她已经得到通知，她会变成一个清秀的女子，一个月圆之夜在学校的操场上等他，到时候，他会看到一双天使的翅膀，它会飞过他的眼睛。

马峰在三年后又娶了一房妻子,那女孩二十多一点的年纪,写得一手好诗,人们见了她,都交头称赞:这女孩怎么长得像宋清清呀?

酝酿了十年的爱情

那一年的夏天凄风苦雨，为了掩盖自己内心深处的悲痛和失落，我背着父母在城市的一角开了间电话亭，我没有告诉父母子凯离开我的消息，我怕他们会难受，在他们的心里，子凯已经成了我家的上门女婿，但谁能料想，连他那种看似忠厚老实的人也会被物欲所征服。

电话亭生意不怎么好，但我的心里渐渐踏实起来，一个人相处的日子里，我懂得了珍惜，学会用独处来收拾自己原本残破的爱情格局，我想我会好起来的，为了自己也为了家人。

那天下午，天灰蒙蒙的，一个头戴鸭舌帽的男孩走进了我的电话亭，他说想打个电话，我说没问题，他拨了一个号码，然后便说了起来，我便有事没事地听着，他在电话里说道：你还好吗？十年了，不知你还记得我吗？十年前的那个夏天，一个天真的小男孩将一封信塞在你的书包里，然后便仓皇地逃走了，我在信中告诉你，我愿意等你，请你给我一个时间。

接下来是长久的沉默，我有些感动地听着他们的对话，也许是那边的女孩在沉默无语，一种沧桑感和同病相怜之感油然而生，我努力控制着自己的神经，人家的私人电话，我是没有权利偷听的，但我的视线却一直落在他的身上。

通话结束了，我收了钱，然后目送着他离开。

原本只是一个普通的浪漫的电话而已,过了几天,我便忘却了,但下周的同一时间,我却又看到了那个男孩的身影,他同样的装束,进了屋,说想打个电话,我说没问题,我希望增加客户对我的回头率,以期望能够多得到一些报酬,毕竟是商品社会吗!

他又开始说起来:五年前的那个夏天,我去了你所在的城市,当时,你已经是某所大学的高才生,而我呢,只是一个无名小卒,我曾经想过这只是一种奢想,但我还是控制不了自己,我看到了你的身影,看到你的身边,一个高高大大的男孩在陪伴着你,当时,我的心都碎了,羡慕还是忌妒,我说不好,我只是想不应该是这样的结局,你知道吗?我躲在你学校门口的石墩前哭了一天,保安过来拉我,我去了酒馆,喝了太多的酒,酒馆的人将我扔在大街上,我醒了,漫天的雨呀。

男孩哭了,我的心猛地揪了起来,男孩子仿佛是动了真情,我身不由己地将一打纸巾送给他,他转身说了声谢谢,然后继续通话。

我的心开始莫名其妙地伤感,今年夏天雨水有些泛滥,像极了我糟糕的心情,我不知道如何面对这样的处境,下周,他还会来,向他心爱的人倾诉自己的衷肠,不管如何,他已经有了向爱人倾诉的机会,还有人能够听懂他的话语,而我呢,面对失落的爱,我的心如刀割,我恨不得用一种报复的心将子凯的身影从我的脑海里一刀斩去,然后便永无挂念。

下周的同一时间,他又来了,这次,他换了一身牛仔衣,映衬着他高挑的身材。

他在电话里说:三年前的一个黄昏,我做生意下班时遇到了你,当时你好像喝多了,一个人孤单地跑在大街上,满街的汽车不停地鸣着笛,我走上前去将你拉到一边,你说他不理你了,他爱上了别的女孩,我说还有我呢?

你说你是谁呀。正当我准备将你送往家时,那个高高大大的男孩又出现了,你用手打他,他像个犯了错误的孩子,听从你的摆布,最后的结果是,我目送着你像一粒尘埃消失在我的视线里,我要祝贺你们的重归于好。

我的心猛地一怔,以前的一幕幕突然闪现在我的脑海里,这好像是与我有关的故事,我努力搜索着记忆,五年前,我与子凯闹了矛盾,好像与这故事有些相似,只不过是雷同罢了,我感到一种从未有过的惊喜,是他,帮助我回忆起了我原本快要枯竭的思维。

又过了一周,他居然又出现了,这次他没戴帽子,却戴了一副墨镜,非常大度地走进来,向我问好,然后拿起了电话,我爱倾听他讲故事。

他说:半年前的某天,我突然听到了你失恋的消息,我的心有一种欣喜,同时又为你感到伤感,如果是我,相爱了十年的人突然离去,我也会选择悲痛欲绝,之后,我好想跑过来劝你,但我一直没有勇气,后来,我想到了写信安慰你,却找不到你的地址,邮到学校,学校说查无此人,邮到你原来的住处,更是说地址不详,我不断地寻找,终于,我在这个城市的一角发现了你,你终日以泪洗面,我躲在远处不忍卒读,我只有默默地祝福你能够挺过难关,我要告诉你,这世界上不是一个男人爱了你十年,依然有一个坚强的人躲在远处默默地为你祈祷,他愿意为你遮风挡雨。

话说到这里,我突然间哭了起来,他回过头来看我,我强忍着失落劝慰他:放心吧,女孩会明白你的心的,相信你们一定会走到一起的,他一双大手伸了过来,谢谢,理解万岁。

终于,我对他的惊奇由一种理解变成了安慰,我开始观察他的一举一动,包括他打过去的电话。

令我更加惊奇的是,他拨过去的电话竟然是天气预报的电话"121",我不甘心地查了通话记录，居然每次都是"121"，我不知所以然，以为自己可能受到了神经病的纠缠，我好害怕。

在地板上，我找到了一张纸条，上面记着一个电话号码，下面记着一个名字"许文强"，是他吗？记忆的潮水一下子冲破了时间的栅栏，那个原来黑黑的男孩子，一直用一种"不到黄河不死心"的目光望着我，被我骂得体无完肤的是他，被我一棍子打倒在地的是他，是他，难道，他说的所有话都是要说给我的吗？

蓦然间，有一种幸福感荡漾在我的周围，我拿起电话，迫不及待地拨通了那个号码，我尽量压着内心深处的激动对他说：你是许文强吗？我是电话亭的老板，你的东西丢在这里啦，你能过来拿一下吗？

一个熟悉的身影走了进来，我将纸条交给他，他转身就离开了。

不知过了多久，我后悔不迭地拿起了电话，屋外突然响起了一阵急促的手机铃声，是他，他没走，他一直躲在暗处注视着我，保护着我，是他，他爱了我十年。

两双手紧紧地握在一起，我看到他面容憔悴，他说，对不起，我不是故意的，你能给我一个证明的机会吗？

我说，不需要了，生命中没有几个十年，有一个十年，难道不能证明你的爱吗？

那天，我的灵魂终于有了幸福的依托，他的肩膀虽然不宽阔，却结实得要命，他的体魄虽然不高大，却依然英俊挺拔，我真的庆幸自己找到了失落已久的爱情。

一杯酝酿了十年的酒，忽然间被岁月的手打开，然后便是芳香四溢，醉了一生的光阴。

我曾是你的画中人

(1)

30岁那年的春天,已经快成豆腐渣却依然形影相吊的我在秦淮河边的一家企业成为一名白领。在此之前,我几乎没有经历过任何爱情,甚至没有一次可怜的初恋,许多同学都说我的命运不济,而我却时常用一种表面的冷静掩盖内心深处的恐慌,我告诉他们,花正在开。

就在那年春天,我收到了生平第一封情书,情书的作者叫张奇然,他是一家画院的学生,二十多岁的年纪,喜欢绘画,他给我写的情书其实是一幅画,画中一位女子神采飘逸,比我现实长得要更美些,他毫不掩饰地向我表白了心声,而在此之前,我们只见过一次面,我像扔纸飞机一样将他的情书扔到了风里,我心里暗自笑他,谁愿意将青春托付给一个毫不了解的人。

当时,我已经心仪了一位清俊的男人,他叫原清平,在一家私企上班,我开始莫名其妙地喜欢他,并且想办法辞了现在的好工作,到了他所在的公司就职,而阴差阳错地,我与他有幸分到了同一部门。

生平里,我第一次写了情书,目标是那个叫作原清平的男人,这是我生命里第一次喜欢人,所以,我加倍珍惜,努力想留住他,为此,我曾经独自落泪到天明。

我鼓足勇气约他出来,只是想给他画一幅画,画画的才艺当然是张奇然教的,如果他知道我拿他的画艺去追求一个男人,他肯定会气得半死,但我已经无路可选,遇到了自己喜欢的男人必须握紧手不让他从手里溜走。

(2)

他是那种很招女人喜欢的男人,所以,他特立独行的气质使得他很有市场,这一切定格在我给的素描中,这幅素描,我把它当成了生命中最重要的一部分收藏着,我希望有一天,我亲手种下的种子能够发芽,直到开花。

好景不长,他却辞了职去了杭州,我在此地待了一段时间,决心去杭州找他,我要向他表白自己的爱,不能让到手的幸福拱手让与他人。

我在杭州找了他一个星期,他连个人影都没有,我抱着自己单纯的傻想法,真的感到心肝俱碎,我将那幅画也悄悄地捎来,我不能使自己忘了他,我要天天看他,让我们的距离再近些,好将距离产生的疏离感挤走。

我被人骗进了一间黑屋子,30岁的女人了还这么轻信别人的甜言蜜语,几个乡下婆子一翻攻心战术,使我原本脆弱的心灵一下子打开了伤心的洪闸,后来我才知,她们准备拿我当成摇钱的工具。

除了反抗还是反抗,此时,我最恨的就是原清平,我最想的也是他,如果他能够及时出现,也许我就可以逃过此劫。

我找了个时机,拼命地咬断了绳索,我逃了出来,劫后余生的我,手里死死拽着的竟然是原清平的画像,我的泪,一个劲儿地流,好像能将整个西湖流满,从那时起,我告诉自己,我要离开杭州,离开原清平。

(3)

事情发展得有些令人费解，就在我快要离开杭州时，我竟然收到了原清平的短信，他说他知道我来到杭州，让我去西子湖畔等他，我欲哭无泪，还留有一份侥幸心理的我选择了留下。

我看到了他清瘦的脸，他的凄楚令我心痛，他说他爱我，不折不扣地，我无语，经历过伤害的我已经懂得找一种缄默的方式来弄清人世间的是是非非，我的冷静使他有些心悸，我没有告诉他我为她经历过的磨难，与他说那么多有用吗？如果他不爱我，他为什么在我眼前痛哭流涕，如果他爱我，为什么我的眼睛里闪烁着一种不祥和焦灼。

事实证明了我的想法，他受了伤，一个富家女子甩了他，而他呢，准备利用我的天真把我暂时当作生命里的一个过客，在某个漆黑无比的夜晚，当我的视线里掠过他和一个女人亲吻的镜头时，我大骂自己的天真，然后跑过去甩了两个嘴巴，一个给原清平，另一个送给了那个不要脸的女人。

我发誓自己再坚强些，生命原本就是要不断受伤而不断复原的，他不是我的画中人，夜晚时，我点燃了他的素描，然后将他的粉末扔在风中、尘埃里。

(4)

我又回到了秦淮河边，当了一名白领，我每天的工作踏实认真，没有人知道我已经人过中年，在他们的眼里，我是个刚从学校毕业的小女生，单纯且认真，敢爱又执着。

我认真地生活着，从不愿接受任何男子的表白，在没有看清楚世界之前，我选择了机敏和沉默，不管他是多么优秀的男人，都是个凡人，他不可能给予你所要的一切，如果哪个男人打包票愿意将一切包括生命都给你，那绝对是天方夜谭，这种婚姻就像肥皂泡，太阳一出来，便会瓦解爆破。

三年后的一天，我在秦淮河边遇到了原清平，他一脸的落魄失意，一见到我便给我跪在地上，令我容易宽容的心差点一泻千里。他告诉我他的遭遇，骂自己的无知和不知足，他说走了这么多地方，见过那么多女人，唯有我最好，对他最真、最诚，这次回来，是他赎罪来的，他已经一无所有，一次不快乐的爱情，使他倾家荡产，丢失了自己的所有。

他的哭诉令我落泪，肝肠寸断，我不知如何处理这样的难题，直到如今，我才突然发现，自己的内心最深处依然为他留着一块位置，虽然那位置那么不起眼，也许它就在心海的最底下。

最后，我给了他一笔钱，这可能已经是自己的全部家产，我告诉他，你走吧，去创属于你自己的事业，我可以原谅你，希望你成功。

他无可奈何地走了，他给我承诺，让我等他，只要他成功了，就会过来娶我。

很多很多的回忆漫上心头，我先是苦笑，然后无法自抑地哭了。

(5)

35岁那年的秋天，我结婚了，新郎是张奇然，我们重回秦淮河，婚礼简单却又浪漫，我们租了船在秦淮河里喝酒，他喝醉了，搂着我大声地叫着幸福，然后他的怀里，有一幅画跌落出来，他对我说道：当年，我画了两幅画，一幅送给了我，另一幅留给了自己，我打开来，发现画中的女人，已经穿上了嫁衣，一个男孩，正弯着腰迎接他的新娘，我突然间泪流满面，他睡了，像秦淮河一样深沉，我吻了他的唇，像婴儿一样滋养甘甜的唇，湿润且温暖。

结婚的第二年，我们在秦淮河畔又遇到了原清平，他已经是某企业的老板，他是过来迎娶我的，我说你迟到了，我已经嫁了别人，他对我说，你会后悔的，我会给你你想要的一切，我摆摆手，告诉他：有些爱，不是用时间和金钱就可以买断的。

临走时，我从他给我的钱中拿走了当初借给他的那一部分，然后，挽着张奇然的胳膊，潇洒且从容。

我想，我终于完成了人生驿站里的一段爱情，我爱过了，然后便要离开了，因为，就在一个月以前，我已经答应了一个人的求爱，他只用一幅画便令我以身相许。

原来，我曾在同一瞬间，成为另一个人的画中人，我想了想，终于接受了他的爱，那个人，就是张奇然。

因为，我知道，爱一个人是多么辛苦的事情，不是简单地将一个人的素描画出来或者藏在内心里，这需要时光和流年的考验。

再见了，原清平，再见了，30岁。

一只拖鞋对另一只拖鞋的怀念

(1)

破旧的背景里，我看见一个个头矮矮的男生正蹲在寒风里，他的面前，摆着各式各样的小物品，可能是在校园里卖一些小物品来讨取女孩欢心的吧。

我欢呼着跑过去，却发现他正在为一块砖头无法压住铺垫的一角而苦恼，我说我帮你吧，他抬起头，其实，我说话的意思就是为了他能够抬起头，像这些男生们，都是些很有个性化色彩的男生，所以，近朱者赤吗？

他清秀的脸孔使我下定决心要帮他，我说你初次出来吧，好像没多大经验，再说了，我看你的这些物品都是些过时的，不好用，你要进一些时尚的才好，我该如何称呼你呢？

他说他叫苹布，很好听但又怪气的一个名字，临走时，我们握了手，算是新识。

等我跑完步回来，却发现那个哥们儿仍在寒风中抖动着，我问他成果如何呀？他说不行，没卖出东西。

我说我帮你吧，真要命，你不爱说话，这里偏偏又是女生楼，女生们呢，都喜欢大大咧咧的男生，你像这些物品一样，早已经过时了。

我站在那里，吆喝着我的大嗓门，好像一台立式收音机一样，不大会儿，一大群女生闻声而来，见有我助阵，她们便欢呼雀跃着，她们拿我开玩笑说，荣布是我男朋友，我说呸，这样的男朋友，你买呀？

我左手拿着一百多的钞票，在他的脑门前晃来晃去，我大声对他说：怎么样，不服不行吧。

边收拾东西，我边问他，哪个学校的，他说隔壁财校的，我们是邻居，我点点头。

我问他天这么冷，干吗要卖这些东西呢？

他咬了咬嘴唇，犹豫着说，不该给你说的，这是我家的秘密，我家穷，没钱，所以，我趁闲时出来打打饥荒。

他愁眉苦脸的样子是害怕我会嫌弃他，我拍拍他的肩告诉他：人各有志吗？自古富贵如浮云，生不带来，死不带去，只有自己双手挣来的，才是最实惠的，我支持你。

(2)

莫名其妙地，我竟然结识了来卖货的荣布，我觉得自己的交友观有些不可思议，但后来想想，萍水相逢吗？只要能够相逢就是有缘。

下个周六下午，漫天飞雪中，我又看见了他的影子，他穿得有些单薄，受我的启发，这次他进的货物很受女孩子喜爱，不大会儿，便盆满钵盈。

正在此时，麻烦来了，学生会的人来了，他们找借口说此人来女生楼闹事，让他赶紧滚出学校去，否则将拿到保卫处是问。

我赶紧站了出来，对他们说这是我朋友？来这里做生意的。

一个为首的男生见是我，哟，是校花呀，这面子得给，下不为例，你让他赶紧离开，不然，可不客气啦！

我帮着他收东西，但此时雪却大了起来，漫天飞舞，分不清哪是天哪是地？我说不要紧的，先去我寝室吧，那里除了我以外没人，她们都回家过周末去了。

他犹豫着被我拖到了寝室里，我打开暖气，给他倒了杯水，他大大小小的东西丢了一桌子一地面，我帮忙给他整理起来，塞到他的行李里。

那晚直到八点多钟，雪才稍微有些停息，他说他要走了，真不好意思打搅我。

我说不要紧，我送你吧，否则你出不去的。

我们两人背着大大的行李，四行脚印在雪地里延伸，我坚持着将他送到财校的门口，看到了安全之地，我放下行李，对他说，再见吧，愿你走好。

他没有说话，只是嘴里喘着哈气消失在雪夜里。

(3)

自从那以后，我却不见了那个叫荣布的孩子，可能他不卖物品了吧，或者说有其他的原因，我说不清楚，只是觉得，这个人挺好玩的，同时，内心深处对他有些怜惜，所以，我觉得，我需要去财校走一趟。

那是一个礼拜六的上午，我和我的一位女同学一起，背着一大堆过年要用的年画和贺年卡什么的，来到了财校里面。

就近摆了个地方，然后招呼着过往人群，同时眼睛却不容沙子一样地紧盯着每一个熟悉的目光，一连两周，我没见到那个叫荣布的孩子。

第三周时，已经快接近元旦了，同学们都在准备着过节用的物品，因此，这是个赚钱的良机，我加大了投资，就好像压了赌注一样，我非要找到那个叫作荣布的孩子。

那天出了风波，因为同时有两家卖贺年卡的，由于我顶了他们的行当，他们便故意寻衅闹事，他们是本校的，一时间我处于下风，眼看着只有搬东西走人的分。

正当我孤军奋战时，我忽然听见路见不平一声吼，你们干什么？欺负外来人是吧？都给我住手。

这声音像是从天上来的，我看看天，只有白云朵朵，看看眼前，荣布却一本正经地立在我们中间，他叉着腰，对他们说道，公平交易，谁的质量好，谁的便宜谁卖得多，这是市场竞争的原则。

他只是暂时吼住了那帮人，当我们拔腿要走时，他们猛然从梦中惊醒，然后追着我们四处飞奔。

我们狼狈地逃出了财校的大门，到了安全地带，感觉脸上已经汗津津的。

我问他这一段哪去了，好像消失了。他说我是消失了，你却出山啦，还差点来个火烧曹营。

他说他不想做了，前不久，他去了市里的另外一家学校，人家骂得挺难听的，还几乎砸了他所有的东西，他发誓，再也不做这种低三下四的活了，他要利用业余时间打工。

他握紧自己的拳头，好像在告诉我他能行。

我说你不要气馁，我会永远支持你的，我们钩了手，表示以后共同战斗的决心。

(4)

那天打扫房间时，却突然发现一只拖鞋丢在床的下头，好像是只新的，上面还贴着未启封的标签，我问了寝室里所有的姐妹，她们都说不是自己的，再说了，哪有一只拖鞋的道理，另一只呢？

我百思不得其解，突然想到一个月前，荣布曾经带着大大的行李包来过我们寝室，呵，想起来了，东西太多，滚得到处都是，其中一只女式拖鞋却不知不觉地滚到床下面藏了起来。

造化弄人，我拿着这只拖鞋仔细地端详，好像上面写满了青春的文字。

后来，我便将拖鞋藏了起来，最起码也是青春最有力的一种证明吧。

但荣布却来找我，说想与我合作，去附近的几所学校转转，顺便捞回几碗炒米皮钱，我满口应允了。

我们出发的时间选在新一年的年初，快到春节时，恰逢节日，又是春节，所以，小学生的用品应该是最畅销了，后来，干脆我建议进一些卡通方面的书籍，大学生不行，来小学生的，无论怎样不违背良心就成。

那天，下了很大的雨，我们淋了个落汤鸡，我们俩躲在只能容得下一个人的公用电话亭里躲雨，他站在外面，雨淋了他一身，我呢，像一个小孩子，被他紧紧地抱在怀里，藏在心上。

那晚，我做梦了，梦见了那个叫作荣布的孩子，醒来时，现实告诉我们，我们还是孩子，我们还年轻。

(5)

四年的大学生活很快结束了，当有一天，我抬起头看镜子里的自己时，我突然间发现，自己的眼角竟然有了可怜的鱼尾纹，母亲说，有了鱼尾纹就是女孩子该嫁的时候了，但我还没有找到心目中的另一半。

两年前，荣布在来不及打招呼的情况下，便带着他的梦早我一步驶进了生活的轨道。

稀里糊涂地过了几年，我的工作还不错，就是爱情差点，人家都嫌我姿态高，对恋爱没有诚意，因此，在过五关斩六将后，我还是孤身一人在风雨里飘摇。

那天，我却突然收到了一封信，信上写着：祝你生日快乐！信上邀我去本市最大的一家咖啡厅参加生日晚会，到时候，会有一份惊喜等着我，落款是一位老同学。

在这个陌生的城市里头，我能够收到如此温馨的话语，还是首次，因此，我便迫不及待地想知道此人是谁？不管三七二十一，我打扮已毕，便匆匆前往赴约。

当我进入咖啡厅时，全场竟然响起了雷鸣般的掌声，掌声中，一双有力的手握住了我，竟然是荣布，他从怀里拿出一只拖鞋交给我，轻轻地对我说：还记得这只拖鞋吗？

我拿起来，猛地想起来自己寝室里的那只，这只和那只应该是一双吧。

是的，如果一只拖鞋怀念另一只拖鞋，大家说该怎么办？

台下有人高声说道：就让两只拖鞋成双成对呀，让他们永远般配。

此时此刻，我忽然有了一种莫名其妙的激动，我紧紧地偎依在荣布的怀里，享受着这种迟来多少年的浪漫？

我们拥抱着跳舞，他狡猾地对我说，其实，当初，我早已经喜欢上你了，可是，我没有适合的表达方式。

所以，在那个漫天飞雪的黄昏，在我临走时，我故意扔下一只拖鞋在你的床底下，只要感情的信物能够留下，我相信，我们的感情就能够留下。

我的天哪，你骗了我，幸福的拳头雨点般落下。

夏日黄昏的玉兰花

(1) 在他的眸子里，我看到许多种变幻莫测的流离星光

已近夏日时，我喜欢打开幽小的窗，看着外面奇怪的风景出神，那时，我的天空还很单纯、很透明。没有爱情纷扰的我不像音儿，她整日都在为爱情奔波，因此，她是决然没有空闲看外面大公无私的风景的，外面的风景应该属于单身贵族所享有，而我呢，有幸成为其中一员。

那时正是3月，窗户下面长着一株奇而高的树，听房东说，它好像叫玉兰树，在郑州，除了大街上，是很少有树生长的空间的，房东说这是祖上传下来的，因为还没有房改，所以还残存着，他叹了口气，表示对玉兰树未来的不乐观。

所以，我每天格外注意它的成长，伸到我窗前的有一枝树芽，我每天数着上面的花骨朵，人都说女子都是水做的，我实在不敢苟同，我还是喜欢花，那种温柔、典雅，女子应该是用花做的，每一朵跌落的花体里，都会有一种曾经艳丽如今早已衰落的忧伤。所以，我独爱玉兰花，我每天嚷着让音儿来看我的花，她却总说先解决个人问题再说，你我都是大龄青年了，快30岁的人了，不赶紧解决终身大事，整天只顾看什么花儿，难道花儿里会蹦出一个大男孩吗？

那天，音儿将手机丢到我的窗台上，我看花时，无意中发现了它，那是一款小巧玲珑的手机，配着格外新颖的坠儿，让人怎么看怎么想将它与玉兰花的纯洁联系在一起。

我翻她的手机，却在里面发现了许多条爱情短信，出于好奇，我翻了起来，那应该是一个男孩子发来的，里面表达了对音儿的无尽思念和相思之情，我看完后，禁不住扼腕叹息，如此一个浪漫多情的男孩，怎么偏偏跑到音儿那里去了。

三天后的一个黄昏，我发现在玉兰树下站着一个男子，当时，他正在抬头看高且幽深的玉兰树，我正在赏花，无意中我们对视在一起，我有种触电般的温暖，在他的眸子里，我看到许多种变幻莫测的流离星光。

(2) 他喜欢画花，无论什么花上，都能散淡着玉兰花的香味儿

我正不好意思时，一个大大咧咧的女孩却跑了过来，她的一声狼叫似的怒吼，打破了我的美丽梦境，原来竟是音儿，我忽然想到了手机里的爱情短信，仔细打量他远去的背影，他的影子和玉兰花的影子又叠放在一起，瞬间编织成了我少女般清渺的梦。

他以后来的日子多了起来，我们便有些熟悉了，但我始终保持着一种淑女般的远观风范，我知道他是音儿的男友，我不敢染指的，我想着也许他的到来可以使音儿摆脱暂时的爱情困境，所以，我小心、谨慎，不敢高声语，生怕自己的错话会带来他的尴尬，然后可能会为音儿的爱情蒙上一层阴影。

我们坐着一起玩跳棋，我先跳，他后跳，音儿垫后，音儿调皮得很，总是想着招数阻挡我俩，逐渐地，我俩站在一条战线上，我们不约而同地笑了笑，然后开始以凌厉的攻势向音儿发动进攻。

音儿终于招架不住了，一个劲儿地说我们赖皮，她还说你小子不老实，

一不小心竟敢和我的姐姐站在一条战线上,我说好了,不玩了,一个小小的跳棋,你竟能想出这么大道理,我们吃饭吧。

他会做一手的好菜,我想音儿是该有福气了,他们在厨房忙,我便心不在焉地整理自己的窗台,窗外的一尾枝条不知何时调皮地钻进了我的屋子里,它的出现使我的小屋永远保持着春天气息,我小心地将它弯到窗外,我想着还是远离自己好一些,如果哪天自己心情不好的话,肯定会拿花儿出气的,所以,为了留住仅存的一丝美丽不遭到致命的破坏,我选择了暂时的放弃,有人说放弃也是一种爱吧。

他喜欢画花,音儿说你可以随便挑,无论是什么花,到他的手里,都会生机勃勃地绽放出无限生机。

我说,那就画玉兰花吧,人都说玉兰花是另一种爱情花,画一树花,我祝愿你们白头到老。

音儿笑个不停,他诧异地笑笑,然后点头表示同意,音儿手舞足蹈地磨墨,也许我的话正中她的下怀,她早已向我吐露了心扉,就连非这小子不嫁之类的誓言也从她的睡梦中飘了出来,看来,她是动真心啦!

那是我生命里除了看玉兰花之外最幸福的一个夜晚,我甚至能够感到自己骨骼生长的声音,音儿的笑声打破了我的旧梦,而唯有他的才情征服了我的心,让我震撼,有一种刻骨铭心的失落和忧伤,以至于他们走后,我一个人搂着一大堆的画哭泣,上面长满了花,每一种花都叫玉兰,都有玉兰花的芬芳香味儿,这属于另一种相思。

(3) 就在他送我玉兰花的那个夜晚,一树的玉兰花朵儿蠢蠢欲动着,颗颗像极了精灵的眼睛

音儿回老家了，她却将他交了我，说是哥们儿的话就有原则地照顾他一回，我知道她所说的原则的分量，我说没问题，只会胖不会瘦的，他来了，一身的洁白衬衣，上面还有玉兰花的香味，我招呼他坐下，他坐在我的桌边翻看杂志上发表的一些我的文章。

我为他做晚饭，他说真不好意思，我说没关系的，你可以将这里当成音儿的家，只当音儿在这儿，这样你就会逐渐地消除陌生感，音儿交代我的任务，我责无旁贷的。

他苦笑，问我和音儿交往几年了，最后他突然问我，音儿所喜欢的东西你会跟她抢吗？看我不明白，他又解释，比如说音儿喜欢一双筷子，而你呢，也喜欢这双，你会通常如何处理？

我不知所措地看他，不知所云、含糊其辞地回答着，好像是不应该抢的，因为我们是朋友，她最爱的东西我是不能随便想象的，就像窗外的玉兰花，我喜欢，所以，在我们两人的世界里，这一树花都是我的，音儿只有看的分，如果她需要树上的花，她也会征询我的意见的，这就是我们的关系。

第二天的一早，我看见他风风火火地跑来了，手里握着一大捧的玉兰花，我吃惊地看着他，他急忙摇摇头，说不是的，不是从窗外的树上摘的，我路过一家音像店，在他们的后院里，我突然闻到了玉兰花的香味儿，所以，我特意冒着危险摘了几朵送给你，但愿你能够喜欢。

我笑了，笑得像手里的玉兰一样的精彩，这是生平第一次有人向我送花，况且是位高高大大的男孩子，如果我的母亲在场的话，一定会对我说我长大了。

我将这朵花插在花瓶里，盼着它快快开出这世上最美的花，这是他送我玉兰的那个夜晚，窗外的玉兰树开疯了花，当我第二天打开窗户时，满眼的都是花的海洋，我看呆了，它们闪烁的样子，颗颗像极了精灵诡秘的眼睛。

(4) 我的骨子里已经渗透了玉兰花的香味儿，我注定今生会成为花的奴隶

音儿回来时，见我的屋子里插着满瓶的玉兰，她高兴得不得了，我当然没有告诉她事情的真相，不然的话，不仅我们的友谊不能长存，还会波及他和她的感情。所以，我告诉她，一树的玉兰，风一样刮进了我的屋里，我从小怜香惜玉惯了，所以就随便采了几朵插在花瓶里，这样，我会离花魂近一些。

你都快变成花痴了，这次回家我收获不小，父母亲也同意了我的爱情陈述，只等着我向他一表白，我们的爱情便大功告成了，我说你成功的概率有多高，她说说不清楚，但我觉得挺高的，最起码像玉兰树一样高吧。

我说别站得太高了，小心摔下来，一定要现实点，如果你爱他，他不爱你呢？你一定要做到知己知彼后，才能将此事说出来，不然的话，会影响家中二老的心情。

她临走时，非要带走那几朵他送的玉兰花，我不答应她，说朋友的东西怎么随便可以要呢？她说你还挺会辩白的，又不是哪个男孩子送的，干吗不敢送给我，不然的话，我到树上摘去。

我没有办法，便随她去了，从那天起，我想着，我是否也该尝尝恋爱的滋味了。

几天后，在一次应聘会上，我认识了一个男孩子，我们的故事很简单，当他知道我快30岁的人了，还未经历过初恋时，他笑得前仰后合的，我说你笑什么，我愿意保持这种纯洁，他说你真是个花精，果真如此的话，你也称得上女孩中的佼佼者了。

我们相处了不到几个回合，我还天真地随着他搬出了大杂院，远离了我的玉兰花，但终于有一天，我发现我们不适合，他不喜欢花，一闻到花味就觉得恶心，而我呢，总喜欢让屋子里漾满玉兰花的香味儿，我们的爱情成了反比。所以，终于有一天，我们不欢而散，当我回到原来的蜗居时，音儿也早已不知去向，但屋虽空着，窗外的玉兰花却开得正好，我回来了，感觉心情格外地好，原来，除了爱情，这世上还有一种情感，它虽然缺少激情，却始终带着一种灵性。

我深深地知道，我的骨子里早已经种下了玉兰的种子，今生，恐怕与花结下了不解之缘，我注定会成为花的奴隶。

(5) 虽然玉兰花败了，但我的心里始终记着他的样子，像滚滚红尘

我正在为夏日的离去担忧时，音儿却神不知鬼不觉地回来了，她是单身回来的，我说你怎么了？她摆摆手，喝了我茶杯里留着的凉茶后，说吹了，不是一家人，不进一家门呀，没兴趣，没感情。

我的心颤了一下，问怎么了，吵架了，开玩笑的吧。

音儿说，他始终不肯说出他爱我这三个字，倒是我求爷爷告奶奶地给他说了一大堆的好话，好像是我死求着他娶我，我送他花，他不肯收，于是我赌气将花儿撒了一屋子，如果他收了我的花儿，也许我们的婚姻就成了，但是我是无论如何也无法应验他家乡的那个传说了。

我说什么传说？音儿接着说，忘了告诉你了，其实我早该告诉你的，他的家乡开满了玉兰花，就是你的窗前开着的这种，他是从小闻着玉兰花的味道长大的，他说他的骨头里恐怕早已经藏满了玉兰花的魂魄，他的家乡，流传着一个故事，如果男女倾慕对方，便会送花给对方，如果他们接了，就表示他们的爱情会天长地久，并且会于第二天的黄昏还对方一朵玉兰，如果没接的话，就表明是单相思，他们会很快分开，然后各找其主，花送得越多，

141

就表明爱得越深。

当时他送我多少玉兰花，我记不清楚啦，恐怕是千朵万朵数不清吧，是这样吗？我一下子傻了，想起当时他送我玉兰花时的场景，他满身露水，一身的泥土，可以想象他是冒了多大的危险为我采的玉兰花，可是，这是为什么，我感到头疼得厉害，差点翻倒在床上。

窗外的玉兰花败了，败得一塌糊涂，但明年它们还可以跟随着季节走来，而我的爱情呢？

我心里始终惦记着他可爱的笑脸，那种清纯得像太阳一样明朗的青春可是一去永不回头，像极了我颓废的爱情。

我始终牵挂着他，在茫茫人海中寻找着他的影子，但后来的一个消息让我永远无法再见他，他于一年后，死于一场车祸。那一天，我窗外的玉兰树被砍得体无完肤，我也要搬出住了三年的大杂院了。

种子是另一种微笑的花

(1)

那一年的夏天，吉祥站在学校的三楼上，将大把大把的月季向下抛去，漫天的灿烂阳光里，突然下起了一阵花雨，无数个男生女生们争相朝这里观望，他们都惊叹于这奇妙的景象，而只有一个男生，朝着她大吼说，你疯了，出的哪门子洋相呀。

从那一刻起，吉祥发誓要找到这个敢在太岁头上动土的男生，她会让做校长的父亲大人狠狠地批评他，或者找一个和他相当的男生，让他们来一场龙虎斗。

由于她在校园的关系，她轻而易举地找到了那个来自农村的、有些不可一世的、高度近视眼却无钱配戴眼镜的高个子男生，他有一个不伦不类的名字：句号。

她正准备着与他一场舌战时，她的父亲正巧路过这里，他制止了一场战争，他说吉祥太淘气了，都是大二的女生了，还像个孩子。

父亲看了看句号对吉祥说：你应该向人家学习，敢于向邪恶势力挑战，并且，你可以打听一下，人家虽然来自农村，却是学生中的佼佼者，你的学习成绩与人家有着质的差别。

在父亲的褒奖声中，那个叫作句号的男生居然低下了原本高贵的头颅，吉祥有些不打不相识地望着他，望得他脸绯红。

143

从那天起，她居然喜欢上了这个叫作句号的青年，不折不扣，挥之不去。

(2)

在此之前，在母亲门当户对的号召下，有个叫作良军的大三男生走进了她的世界，他父亲是财政局的局长，父母希望她为自己找个好靠山，将来才不吃亏，但这却不符合她的秉性，尽管她极力反抗，但在父母的极力坚持之下，她只有敷衍似的同他来往，当然，她吃了他无数次的巧克力，无数次的晚餐，不吃白不吃，交不交朋友还是自己说了算。

良军会在每周五的下午放学时，约他到附近的一家菜馆吃饭，但那天，她却碰巧遇见了孤身一人的句号。当时，他正一个人要了碗可怜的烩面，有滋有味地嚼着，后来，吉祥才知道，他每月有着固定的少得可怜的零用钱，所以，他只有在周末时，才从零星的开支中节省一小部分资金，用以打发熬了一星期贫困的胃口，她高兴得不得了，邀请他过来和他们一块儿吃，他却不肯，说多有不便，同时交了钱，独自一人离开了菜馆。

从那时起，自然而然地，他们之间形成了一种说不清道不明的格局，良军拼命地追吉祥，吉祥却对他越来越失去感觉，相反地，她的心早已经改变了方向，他的箭头直指向那个叫作句号的青年。句号呢，有一种强烈的自尊心，同时伴随有一种自然而然的自卑感，在学习上，他是自信的，但一谈到感情问题，他就会以各种各样的借口推诿，在同学的嘴里，吉祥得知了关于句号的爱情观，句号说毕业了要回到乡下去照顾生病的老娘，这座城市不属于他，他不敢面对任何的爱。

这句话像一声晴天霹雳，打击得吉祥欲哭无泪。

(3)

吉祥从小受到良好的家庭教育，在许多问题的处理上大刀阔斧，为了自己的幸福，她冒着被别人骂的危险去找句号，她要试着劝句号改变自己的人生观，只有他们的人生道路站成了一条直线，才有可能谈及下一步的感情问题，她有着极好的关系网，别说留一个句号在市里，就是上百个也能办得到，她是家里的独生女，是父母的掌上明珠，父母一定会最终支持她的意见。

在那个月上柳梢头的黄昏，她约了句号，含糊其辞地向他表达自己的爱情，两只眼睛相对处，她突然发现句号的眼里藏满了流离月光，她问他怎么了，他说没什么，我真的没想到在这个遥远的异乡，会有你一个善解人意的女孩在关怀着我、注视着我，这一切已经够幸福的了，我不奢望可以天长地久，只愿永远地向你和他祝福。

那晚，吉祥像一只受伤的小鸟，在许多种表白和语言仍然无法挽回句号那颗僵硬的心时，她突然想到了死亡，她说你会后悔的，永远地后悔。

在小河边，正在她要结束自己的芳华时，一双大手紧紧地抱住了她的身体，身后，句号痛哭流涕，我不值得你如此呀，吉祥回过头，四片嘴唇紧紧地贴在一起。

(4)

吉祥耍了个小聪明，竟然轻而易举地挽回了句号的心，她赞美自己的伟大，同时，也在为下一步如何应对父母的追问做准备，其间，她经常挽着句号的胳膊出没于学校的各个角落和场合，她要自豪地告诉大家，我，吉祥也谈恋爱了，对象是学校里数一数二的风流人物，你们哪个能够超过他的才能。

句号像一个木偶，机械地跟在吉祥的身后。

145

那天，学校保卫处打电话说门口有个农村来的女子找句号，句号出去了，好半天没回来，吉祥担心着，便到门口张望，她发现句号正和一个农村女子在那里说着话，他们两个好像很亲热的样子，那女子，一边说着话，一边还帮句号扣着扣子，好像是他的亲人。

她不是那种爱吃醋的女孩，既然是句号家乡来的，她便有义务尽一下地主之谊，她大方地向前，句号惊慌失措地站起来，眼睛里藏着疑惑和担心，吉祥问，这女孩是谁？你妹妹吗？

句号还没回答，那女孩便大大咧咧地回答她：俺也算是他妹妹吧，农村都这么叫，俺是他未过门的媳妇，俺叫二丫。

吉祥惊呆了，天哪，在农村，他居然定了亲。

夜晚，句号像一只受了惊的小鸟，无法掩饰内心的恐慌，他向她和盘托出了他的心事。

(5)

二丫与句号定的是娃娃亲，二丫的父母死得早，是句号的父母将她拉扯大的，也是二丫在家里帮句号尽孝，句号的父亲早逝，母亲长年有病在床，二丫便担负起了儿媳妇的职责，在句号母亲的眼里，她早已是家里的一分子，这也是句号拒绝吉祥的主要原因。

最后，他说，我需要回趟老家，老娘病得厉害，二丫来城里抓药，顺便来告诉我消息。

吉祥猛地站了起来，我与你一块儿回去吧。

不，不了，我还是一个人走吧，那里山高水深的，不适合你的。

那你什么时候回来，吉祥追问他。

我想会很快的。

句号二话不说地就走了，他请了假，同时带走了他的一些行李。

一转眼，半个月过去了，句号的假期满了，却仍然不见他回来报到，吉祥担心得厉害，她拨通了句号留的村大队的电话，那里一个沙哑的声音告诉她，句号的母亲过世了，他和二丫也离开了家。

放下电话，她突然下定了一个决心，要亲自去看一下，她要找到句号，问他为什么要离开她，一年多的感情就这样烟消云散了吗？她无力但仍然要抗争，她要告诉整个世界，句号是属于他的。

(6)

她要出去的消息惊动了她的父母，父母坚决不同意她的决定，说孩子你疯了吗？不说距离遥远，就是去了也是一场空呀，电话里不是说了吗？人早已经走了，你太痴了，但她抱着不到黄河心不死的态度回答父母，我要亲自去，如果他真的走了，我会认真地活下去，彻底忘掉他。

接下来，为了女儿的安全，父母决定同她一块儿去乡下寻找句号。

他们一连走了一天的山路，接近了属于句号的那座小山村，接待他们的村长惊喜万分，将他们领到句号的家门前，他说，句号这孩子命苦，但学习特好，是山区里唯一走出去的大学生，可惜呀，听说与城里的女孩谈了恋爱，他拼命地躲呀，我们哪里配得上人家，如果不是这场事故，他应该早回学校去了，可惜呀，一个人才白白浪费啦。

吉祥突然间潸然泪下，她这才知道，因为她的执着，她犯下了一个不可饶恕的错误，她耽误了一个学子的一生。

房子早已人去屋空，他们来到句号娘的坟前，快要离开时，吉祥却突然跪在坟前痛哭流涕，她拼命抽自己的脸，说自己对不起句号，如果不是她，他会好好地待在学校里，他不会逃避，也不会离家出走。

原来，爱到深处，能不能长相厮守已经不重要了，她只愿句号能够平平安安地活在世上，回不回来已无关紧要，只要他好好地活着，快乐地活着，她会用一辈子的光阴为他们祈祷。

(7)

吉祥回家后害了一场大病，但这场大病也冲淡了她那场无关风月的痛事，在父母的开导下，在那个叫作良军的男孩的拼命安慰下，她在一个黄昏破涕为笑，想着爱情也不过如此吧，她会永永远远地祝福他的，在她心灵的佛龛上，一定会供着一个一辈子都不会忘却的名字和一段令自己肝肠寸断的回忆。

转眼间，毕业了，在父母的撮合下，她坦然接受了那个对他穷追猛打并且愿意用一生时光永远爱她的良军，他们幸福地生活着，直到十年后的一天，她突然目瞪口呆地看到了一张诊断书，上面赫然写着尿毒症的字样，良军，竟然到了尿毒症的晚期。

她待在医院的病床前，死死地守着这个爱了她十年，而自己却总是心猿意马对待的男人，她又一次肝肠寸断。

医生告诉她一个唯一可以救活良军的方法：换肾，而所有的这些，必须要有一个和良军匹配的肾源。

有些事情，并不是有钱就可以解决的，虽然她东奔西走于网络、电视台和报社之间，但时间一分一秒地过去了，最终，她没有找到一个和良军匹配的肾源，终日，她以泪洗面。

那天下午，医院的医生告诉她：有个人愿意捐肾给她的丈夫，但人家有个条件，不要任何的报酬，不允许病人家属接见他，并且不允许他们了解他的情况。这是个奇怪的规则，但死马也得当活马医，她向院方做了保密承诺，并且在手术通知书上签了字。

经过检查后，院方的医生告诉他，来捐肾的人有着与她丈夫一模一样的血型，型号也正好匹配。

她感恩的双手放在胸前，突然间她有着一种想看看那个人到底是谁的冲动。

(8)

她看到手术室门前，一辆手术车推了出去，上面躺着一个高大的男人，她尾随着他来到他的病房，并且悄悄地记下了房间号。

两天后，她来到那间房前，轻轻地推门进去，枕头上一张憔悴的脸，久违的脸，竟然是句号。

她紧紧地抓住句号的手，不知道说什么好，是感谢吗？感谢他的慷慨，是惭愧吗？惭愧于自己当年的年轻气盛。

句号微笑着说，能够看到你，我真高兴，我原本不想让你知道我是谁？我来城里办事，路过你家门口时才知道你丈夫出了事，我和你丈夫血型一样，想着能够帮你一把正好，于是便赶来了，没什么，只是顺路而已，就像赶集一样。

隔着十年的时光，吉祥突然发现，那些逐渐老去的记忆竟然在这漫天的飞雪中变成了一粒可爱晶莹的种子，虽然已经残花遍地，但在枯萎的枝头上，竟然又生出许多朵姹紫嫣红的花，它们在瞬间便香满了光阴的两岸。

句号用手抹去她眼角的泪水，轻轻地对她说，不是所有的并蒂莲都能够成双成对的翩飞在花丛间，既然今生不能与你长守相伴，那么，我宁愿变成一缕阳光，让陪你厮守终生的那个人重新开出娇艳的生命之花。

生命里第一支爱情圆舞曲

那是我痊愈后的第一个秋天，我喜欢把自己百无聊赖地放在家里，就像一片树叶喜欢自己被秋风无情地送上天际一样，我不想出门，不为别的，想到一年前的那场噩梦，我仍然心有余悸，一个车祸，永远地夺走了我的双腿，从那时起，我的天空里不再有微笑，取而代之的，是满腹的沉沦、抱怨和哀叹命运的不济。

父母亲为了生存，在我病愈后的一周内，相继去外面打工挣钱，我也在学着料理自己的生活，每天除了学习、读书外，便是漫长的寂寞在等待。

我的朋友很少，因此，我从小便养成了孤僻的性格，我喜欢独来独往，不喜欢与太多的女孩子交往。在业余时间里，上网成了我唯一的爱好，我喜欢把自己放在网中，让生活的酸甜苦辣涌满全身，然后，咬着牙告诉自己我还可以，我不是家里的累赘。

QQ上，我为自己起了个网名："爱情圆舞曲"，之所以起这个名字，是因为我从小就有一个梦想，长大了要跳一支世界上最美的圆舞曲给自己心爱的人，但这个愿望已经变得遥不可及，现在，除了悲伤外，我只有用孤独和空虚来麻醉自己的神经。

幸运地，上线的第一天，便有一个叫作"虞美人"的人来加我，留言栏里赫然写着"我是一株被人遗忘的花儿,希望有人能够弯下身来,与我同舞"。

开场白写得很好,我同意了他的要求,开始与他闲聊,我问他:你是谁?他回答:一株可怜的花。你呢?我说:和你一样,无人理解,只有寂寥。

一来二去地,我和他胡说八道起来,网上总是这样的,聊来扯去的,却不知对方是男是女,但这些对于我并不重要,重要的是我需要找个人说说话,来打发悲哀的时光。

总结了一下,也许他所有的话语中,只有一句话是真的,他说他喜欢跳舞,但命运多舛,自己的舞姿太丑陋了,我说不要紧,只要有生命存在,一切都有可能。

第二天早上,妈妈打电话告诉我,在我毕业的学校里,今晚要举行一场别开生面的圆舞曲,这可是举世空前的,几乎学校里的所有男女生都要参加,妈妈劝我过去,陶冶一下心灵。

那天的整个下午,我都在为晚上的舞会做着准备,为了不在同学面前丢丑,我刻意打扮了自己,我的抽屉里,有我事故发生前特别喜欢的一支眉笔、一支口红,还有几种化妆用的粉底,我已经半年多没有用它们了,今天我重新派上了用场,我相信自己虽然不能称得上备战会上的小公主,但只要坐在座位上,是没有人能够发现我的缺陷的,我只是要静坐着,当一个永远的观众,但是,我真的喜欢。

舞会的氛围很好,同学们的表演都很精彩,这期间我还发现了我许多以前不认识的低年级女生,她们翩翩然地从我面前飘过,像一个个小天使,我从内心里由衷地恭喜她们,因为她们已经找到了自己的知己。

由于自己过于兴奋,我竟然没有发现,在我所坐桌子的对面,坐着一个面孔白皙的男生,他穿着白色的风衣,头发自然地卷着,好像郭富城的形象。

我没有在意比我的心理承受能力高的男生，不为别的，只是自己的条件太差，以我现在的实力，无论如何也不敢接近爱情的。所以，从内心里，我没有想到会有一个男生坐在我的对面，并且眼睛一眨不眨地看着我，像在看一个偶像。

那晚，我们彼此没有说过一句话，但有一种潜意识告诉我，我们之间有着惊人的相似点和共同点，至少他有些忧郁，脆弱的身体下面藏着一颗淡泊名利的心，我在心里告诉自己，如果可以，在下一次舞会上，我会接近他。

但这只是一种空想而已，这样的舞会一辈子也碰不到几次，怎么会还有下次呢？但舞会结束时，主持人的讲话却乐坏了我，他说以后每两周我们会举办一次这样的大型舞会，希望同学们能够积极参加。

晚上回家，我的心中像揣了个小兔子，脸上也有了少有的喜悦之情，父母觉得很奇怪，问我时我说在舞会上遇见了熟人，聊了两句，觉得生命真美好，父母的脸上也多云转晴，也许，在他们的心里，真的希望自己的女儿能够快乐活泼地成长。虽然经历了这么多困难，但生命对于我们来说仍然至关重要，尤其是亲情，已经成为维系我们全家幸福安康的一条纽带，我们都在努力珍惜。

QQ上，我的心情像文字一样飞扬，我告诉"虞美人"，我刚刚参加了一场大型的舞会，虽然不是其中的主角，但至少我已经体会到一份快乐的心情。

那边很快地回答我：祝贺你，"爱情圆舞曲"，你终于能够走出家门了，其实生活中有许多感动的，只要我们努力去寻找。

你一言我一语，我们侃侃而谈，好像一个久别的故人一样开心，我向他倾诉心中的往事，告诉他关于我的故事，那边一直沉默着，很长时间后，他告诉我：其实，生活对于我们是公平的，就看你有没有一颗敢爱的心，只要有缘，天涯随处尽是芳草。只是一句模棱两可的话，他突然下线了，就像一条板凳，突然从我的身下被抽出，我的心空荡荡的。

两周后，又一场舞会在学校的大礼堂开演，我异常宁静地出现在原先的桌子边，眼里却在瞅着另外一双眼睛。

舞会举行到一半时，他出现了，就坐在我的对面，眼眸里多了几丝惶恐与不安，好像是刚刚做了一件错事。这一次，我主动向他打招呼，他回应了我，我们简单地说着话，他说他叫比克，去年刚毕业，是学法律的，喜欢开车。

我没有告诉她关于我的故事，我要为自己留住一个小小的秘密。慢慢地，我们无所不谈，虽然礼堂里的音乐声音很大，但我依然能够听清楚他富有磁性的声音，最后，他伸出了他的手，我也伸出我的手，两双手紧紧地握在一起，像两双情人的手，已经离开了好长时间，重逢时带着想念和回忆。

那晚，我好想在网上找到"虞美人"，告诉他我找到了爱情，但无论怎么敲打键盘，他都没有在线，我预测他可能出了什么问题，便关了机，躺在床上开始做梦。

又一次舞会开始了，这一次，我们几乎是同时出现在桌子的左右方，我问他：你为什么不去跳舞，他说我不是不喜欢，只是我在等待能和我一起跳舞的人。

我问他：你找到了吗？他说：已经找到了，只是那个女孩她很高傲，她不喜欢我这个傻乎乎的男孩子。我说怎么会呢？那女孩的眼光也太高了吧。

这时，主持人突然拿起话筒：女士们，先生们，现在已经到了舞会的高潮，我真诚地邀请大家起来共舞，和自己心爱的人，如果你还心有疑虑，请打消所有的难堪与尴尬，因为，今晚属于年轻人，属于有爱的人。

那个叫作比克的男孩子，艰难地站起身来，绕着桌子来到我的身边，轻轻地对我说：小姐，我可以请你跳舞吗？

我该如何是好啊，我该如何向他解释自己的委屈，一时间，我泪如泉涌，不知如何处理这样棘手的问题，我能够告诉他我是一个身体有缺陷的女孩子吗？虽然交往了好长时间，但我不想断掉原先的好梦，但我真的忍心拒绝他的真诚吗？

最后，在一次次感情的碰撞声中，我毅然决定告诉他关于我的真相，我不能让人家的感情白白地流掉，如果现在告诉他，我们还没有陷入太深，也许还没有造成彼此太多的伤害。

"我，我的腿是有问题的……"我的唇在发抖，咬字的牙齿也有些上下打架，他没说什么，只是艰难地抬起了自己的左腿，然后又放在地上，难道，我的天哪，我刚想说出口，他却用手搂住了我的腰。

舞池里，从未跳过舞的我有了平生的第一次圆舞曲，他轻轻地告诉我：傻瓜，我早就喜欢上你啦！我问他：从什么时候，从网上，因为，我就是那个叫作"虞美人"的男生，我早就知道你的情况，从那天起，我就告诉自己，无论你身在何方，我都会踏遍天涯海角，寻找你的身影。

我的泪早已经肆无忌惮。

全场响起了经久不息的掌声，为我们这一对落难的人，几乎所有的情侣都为我们让开了一条通向幸福的康庄大道，在那个平凡的晚上，两个普通的人，久久地搂在一起，整个世界都在为我们歌唱。

在生命的第一支圆舞曲里，我找到了自己久违的自信，当然，顺手牵羊地，我还拿走了我的爱情。

第三季

秋季/天空曾有爱飞过

那个秋天，我忽然听见了花开的声音，在月光下，在青春的舞台前。我仿佛看见自己正站在风中，满地的月光，无人清扫，满院的桂花，四处飘香，而一辆崭新的单车，正驶向远方。

被你温柔地"算计"了

(1)

2005年的春天，我孤独一个人把自己关在空无一人的三室一厅里做着爱情失去之后的最后挣扎。在此之前，虽然我以信誓旦旦、山盟海誓的执着来挽救一段本属于自己的爱情，但他却以一个天各一方、咫尺天涯的信笺草草结束了我们的爱，看着相片里胖胖的他，我将相框摔得粉碎。并且发誓，今生绝不做胖子的妻子，因为，凡是胖子的心总比瘦人的心大，所以，他们的诡计便会多端，从而会做出瘦人不会做出的挥手离别。

这是打工岁月里的第一次阵痛，也是自己生命里目前为止所受的最大委屈，为此，我辞去了原先的工作，目的只是不想看见过去的影子，我新找了一家单位，并决定休整三天后便去报到上班。

这时，手机却响了，母亲打电话过来，说牧新想去看看你，他刚从北京回来，知道你在郑州，你安排他住在你那里，顺便调解一下心情。

挂了电话，我的记忆里出现了一个瘦小的身躯，牧新拿着一只毛毛虫塞在我的座位下面，等着我要坐时，他却突然大叫，待我看清楚后，他却像一个幽灵一样将毛毛虫扔到地上，本以为我会给他一个"英雄救美"的微笑，但我却更加对他不屑一顾，我心里非常清楚，他是为接近我找借口。

但后来，我却不得不走近了他，那是一个晚自习后，原来和我一块儿回家的一位女同学那天病了，没来上学，他主动充当护花使者，原本我不想理他，但一想到回家要过一块荒无人烟的坟地时，我便不自觉地拉了他的手，快过坟地时，我不敢睁眼，把自己的头埋在他的怀里，他搂着我过了坟地。

他不就是个典型的瘦子吗，我的眼睛一亮，他虽然黑点，但眼睛却炯炯有神，倒能够弥补本身的一些缺陷来。

(2)

我去车站接他，远远地看见一个瘦子模样的人，我便冲着那人笑，没想到，那人却冲着我瞪眼，我赶紧收回多情的眼，认错人啦，正想着，一个肉乎乎的手放在我的肩头上，一个巨型的胖子，好像恐龙一样站在我的面前。

我的天哪，竟然是牧新，他原本清纯的形象在我面前消失殆尽。我说，不会吧，你发成这样了，他笑着，露出两个深深的酒窝，条件好嘛，你不也是一脸福相吗？

我生气得很，他是在变相骂我胖，女孩有几个愿意胖的，况且，我已经在下功夫减肥了，他还这样说我，我不理他，他像个孩子，把头摇得像个拨浪鼓一样跟在我的后面。

到我家后，他便三个屋乱窜着找吃的，我的减肥药品没放好，正好被他一览无余，他大声喊叫，说你不要减肥的，这对身体百害无一利，我说你不要管。

我的假期还有三天，我喜欢将自己关在屋里听一晚上的音乐，或者早上赖在床上不起来，他则像个耗子一样，还是小时候那种调皮的劲头，一会儿敲敲我的门，说小姐该睡觉了，明天还要工作呢，一会儿对我说，要吃夜宵吗？我正在做。

我原本不想吃的，但那种香味实在诱人，在他的百般诱惑下，我的食欲爆发了，两天下来，我在镜子面前一站，发现自己的腰围明显大了一圈，我吵他，说他破坏了我的计划，他大声说，害怕没人要吗？我这里正在搞批发。

到了工作那天，我早早起了床，去公司报到，半路上，由于自己想心事过多，一下子碰在一个男人的怀里，那人可能也是个二百五的模样，也只顾低着头想问题，不设防地，我们完全撞在一起。

他赶紧跟我道歉，我抬头看他，却发现他瘦削的身材，好像电视里模特一样，一米八的个子，我语无伦次地回答他：本人二十六，大学本科，昌达公司员工。

他看我，你好像在作征婚启事吧。他正说着，我却跟了句：至今未婚。

后来，我才知道他叫清风，昌达公司业务主管，正好是我的上司。

(3)

回来的那天晚上，我便告诉牧新，我可能又要谈恋爱了，他赶紧凑过来，说：看来，我已经有机会啦。我摆摆手说：靠边站，哪有你的分。

第一个双休日，我打了清风的电话，那个电话是我从公司的记录本抄的，原来自己在恋爱方面竟然有了一整套成熟的实战经验，我邀请他出去吃饭，他居然答应了，并且说愿意做东请我。

我站在镜子面前打扮自己，我突然发现自己竟然幸福得像一条美人鱼，牧新在我的后面哼着小曲，说我要小心着点，现在的男人没一个好东西，我回他一句，连你在内吗？

他摇摇头，肯定没我，现在像我这样的男人，在打工族里，在郑州已经没几个了。

我却突然发现自己的皮鞋出现了严重的问题，我拉着他，和我去买皮鞋。

我们跑了一个下午，我却没有找到一双适合自己的皮鞋，每次换鞋时，牧新像个老太婆一样评头论足，不是这双颜色太艳了，就是那双好像进入了更年期，最后，我索性穿了原来的那双，反正是穿在脚上，又是晚上，不换也罢。

我鼓励自己，并且想象着与他会面时自己该如何说，牧新教我了一招，对我说，你应该先给人家倒茶，这样子表示你是主动的。并且，他还给了我一套茶具，对我说这可是从日本进口的，现在有了用场，你可以给他一个惊喜，自己带茶具，现在也是一种时尚吗？

我带了茶具，兴奋得像个小孩子，他早已经等在那里，我拿出茶具，然后准备倒水沏茶。

他奇怪地望着我，好像我做错了事一般，不管那么多，我倒了茶水，然后给他倒茶，没承想，这套茶具竟然有质量问题，倒水时，下面有一个窟窿不安分地向下流水，不但水没倒成，还流了一桌子。

第一次跟人家约会，就成了这个样子，我不知所措，感觉脸瞬间成了红布。

正当我和他开始交谈时，牧新却风风火火地跑了过来，他的手里拿着一双鞋子，他到了我们身边，说：不好意思，先生女士，我是来送鞋的，希望没有扫你们的兴。

说完，他便开始给我穿鞋，当时，我真想踹他两脚，他却厚着脸把我的鞋扒掉，一边穿还一边说：大脚，所以鞋不好买，还是个汗脚。

清风站起身来，不辞而别。

(4)

回到家里，我才悟出来，我可能是上了牧新的当，我火冒三丈，说他这是挑拨离间，破坏感情，我让他如实交代自己的罪行。

他埋着头坐在沙发上，给我列举了自己的三条罪状：第一条，拿茶具是错误的，会给人一种不礼貌的感觉；第二条，不该捉弄我，因为茶具质量有问题；第三条，自己不识时务，当着人家的面穿鞋，破坏了爱情纪律。

他说得我哭笑不得，不过，我告诉他，我喜欢清风，以后，不准干涉别国内政。

那晚上，我罚他跑到北环给我买烤鸭，才减轻了我的心头之痛。

但星期一一去单位，一单位的人都在说着我的洋相，我恨不得找个地缝钻进去。

那天上午，我发现一个叫作桃子的女人频频出进清风的办公室，在一个偶然的机会里，我从门缝里得知，她可能对我形成了一种巨大的威胁。

下午，那个可恶的女人，走到我的面前，一脸狞笑地说，这位小姐，你好像不太懂得男人的心思，这也难怪，一个茶都倒不成的女人吗？

那晚回到家里，我大哭大闹，向牧新哭诉自己的遭遇，说她有什么好的，只不过是狐媚了点。

牧新说，我看你最好甭理那些没眼光的人。

哭到伤心处，牧新用手抚摸着我的长发，心情稍好些时，我却发现他趁机占了我的便宜，我大骂他，说他落井下石，他有口难辩，说我是个容易让人受伤的女人。

(5)

第一次约会败北，我便想了另一个主意，我制作了一个精美的礼品，因为我打听到过两天便是清风的生日，人都说送礼品是最俗的一种求爱方式，但我却偏偏喜欢这种传统的浪漫，我想给他一个惊喜。

我将自己关在屋里，制作小型的工艺品，我做了一条船，一个女人正站在船舱里，等待心爱的人回归，我在后面，还做了二十六朵爱情玫瑰，这表示着我对爱情的忠贞不渝。

制作完后，我做了一个特殊的邮包，并且在帆上，用蜡笔写上了我的名字，一个小小的希望，让我原本干枯的心兴奋到了极点。

第二天上午，我将邮包寄了出去，我希望用自己的真心来换取他的另一种眼光。

三天后，我正在办公桌前埋头整理文件，那个妖娆的女人桃子却突然走近了我，她冷冷地笑：有些人呀，不会献媚，却偏偏要整一些风花雪月的东西。

她的话分明有所指，我原本是个内向的人，不愿意与别人为敌，但她却恃强凌弱，我猛地站了起来：你说谁？

她抖动着猩红的嘴唇：笑天下可笑之人，送人家个礼物，却是个"四不像"。

我没有饶她，与她唇枪舌剑地辩论，我说我是给上司送了生日礼物，是我自己做的，这是我的一片心意。

她一转身去了里间，不大会儿搬出了我的船模型，众人一看，皆哈哈大笑，我不解，上前观望，却发现，原来站在船舱里的女人不见了，换成了一只小狗熊，那些可爱的玫瑰花也消失得无影踪，变成了二十六只小企鹅，它们纷纷做着各式各样奇怪的动作。

我大跌眼镜，心里想着这下子算彻底结束了，谁做的呢，我的矛头指向了那个自作聪明的臭小子牧新。

(6)

回到家里，我不容分说，对他大打出手，说他是个混蛋，是个白痴，是个恶作剧的始作俑者。他看见自己的事情已经败露，便灰溜溜地站在那里等待我的批判。

我扔出了他的所有行李，告诉他外面风景好，又凉快，你可以到外面清醒清醒。

那天夜里，我又开始了孤独的夜生活，早上醒来，本想着应该有一杯热茶端到嘴边，叫牧新时，却一拍脑袋，他早就走了，我又恢复了自己原先的独处生活。

但一个人，总觉得少了些什么，仔细想想那些恶作剧，我也突然觉得牧新的手艺竟然比我高明，那么多欢快的小企鹅，竟然各有各的神态，说明他用心得很。

但我觉得他诡计多端，设计害了我，让我在众人面前抬不起头来，丢了工作不说，唾手可得的爱情也成了西北风。

一连两天的寂寞，我突然开始想念那个油嘴滑舌的男人，我甚至觉得他的那些玩笑竟然成了一种生活的调味品，很好的，就像一道菜，让人吃过后，永远难忘。

三天后，我打了他的手机，我问他干啥呢？他说正在出轨呢？我原来压抑的火气一下子又膨胀了，我说去出你的轨吧？

他急忙解释：打扑克呢，和几个狐朋狗友，这不正出大王吗？不简称出

163

轨吗？

我被他逗乐了，后来，我一本正经地告诉他，我病了，浑身没力，你赶紧回来。

电话刚挂，门外却有人敲门，我打开，他却神秘地出现了，我说你怎么这么快，你骗我吧。

他说，我哪敢呀，我在邻居老王家呢，一直没走远，我害怕你会想我的。

我一下子倒在了他的怀里，我忽然发现，并不是所有男人的心都是最坏的，他的胸怀竟然是如此的宽广，我仿佛倒在一艘船上，碧波荡漾，天空一片蔚蓝。

他说，亲爱的，我"算计"了你，请原谅。

我回答他，没关系的，欢迎再次温柔地骚扰。

为爱情安排一只老鼠

那是到北京打工的第三天,在此之前,虽然奔波了将近两天的光景,但我还是以失败的结局冲散了原先的万丈豪情。

但日子还得过,生活总需要柴米油盐的,望着捉襟见肘的口袋,我这个堂堂七尺男儿不禁感慨万千,忧到心头,我便从剩下的钱中抽出一两张来,到外面为自己买了瓶散酒,然后决定来他个一醉解千愁。

数一数,我已经离家将近一个月了,虽然期间在外地逗留了二十多天的时间,但是我还是怀着梦想来到日夜想念的北京,人都说北京遍地都是黄金,就看你敢捡不敢捡,现在,我倒是怀着一种进油锅下火海的精神,但睁大自己的慧眼,就是找不到适合自己的黄金地。

喝到一半时,我已经泪眼蒙眬,想起家中的父母,不禁唱起了那首自己唱了多年的《流浪歌》,后来,又想起了自己的爱情,依然是半斤对八两,父母临行前告诫我,半年后如果打不出一片江山,必须回家成亲,快30岁的人啦,也该为自己找一个恒久的港湾了吧。

不能再喝了,我扔了酒杯,觉得身体热得厉害,便决定到外面看一下北京的夜景,回来时,已经是晚上十一点多。

上到我住的三楼时,邻居的保险门竟然大开着,这是冬天,我就觉得非常奇怪，接下来，里面传出一阵阵的厮打声，正在我感觉模棱两可时，一个大姑娘，只穿着一件睡衣风风火火地拿着把扫帚，向门口冲来，我以为人家把我当成了流氓，便赶紧后退准备溜之大吉。

后来，才看清楚，前面跑着一只小老鼠，正东奔西窜着，出于英雄救美的本能，再加上本人爱情的贫困，遇见美女有难，便产生了一种自学自立的帮助意识，我一下子冲到前面，足落处，正好踩住了老鼠的尾巴，女孩已经赶到了，我们相互对视一眼，便都心领神会，女孩的扫帚落处，血花四溅，老鼠呜呼哀哉。

我这才看清女孩的面容，清清瘦瘦的，挺高的个子，姑娘挺大方的，对我说：不好意思，打扰你了，家里进了一只客人，不得已才将它赶出去，因为它干涉了我的生活。

她的话很幽默，让我一下子回到了大学时的清纯时光，我回答她：没关系的，它大概走错地方啦，这不是它该来的地方。

简短的会面后，我们算是相识了，我便留了心，准备调查一下女孩的背景资料。

后来几经辗转，我花费了自己原先准备找工作的时间才打听清楚，女孩叫林芳，武汉人，来北京打工，计算机本科学历，会说一口流利的英语，在一家外企工作。

看到这些因素，我简直骂自己有些痴心妄想，不单说长相如何，就是那份待遇，是自己一个专科生用一辈子也挣不来的，后来，我还打听到，追她的男孩子多如牛毛，尤其她正和一个叫作小郭子的男孩打得火热，这些就宛如一盆冷水浇灭了我的万丈雄心，我想走一步算一步吧，先找工作再说。

从那天开始，我一本正经地找自己的工作，只是每次失败时，我总会悄悄地在她的房间门口驻足良久，也算是一种心理上的安慰罢了。

一个月后的一天傍晚，我兴冲冲地回家，因为我历经千辛万苦后，终于找到了一份理想的工作，所以，为了庆贺自己的初步胜利，我又拿出了自己当初喝剩下的酒，准备享受一番。

不知过了多大会儿，我忽然听见邻居的房间里传出一阵阵嘶鸣声，凭我多年的生活经验，我知道林芳的家可能出了问题，顾不了许多，我大踏步出了门，忘了关自家的门，便按响了她的门铃，刚刚响过后，门竟然开了，林芳站在我面前，一脸的无奈。

我问她，有什么情况吗？你的屋里好像在开家长会。

她苦笑道，不知怎么啦，我的屋里老是有老鼠。

我笑她，知识浅薄吧，打死的那只肯定是只母老鼠，这次出现的肯定是公老鼠，它在为母老鼠报仇呢，另外，你还要注意一点，下一步，可能会有一只小老鼠神出鬼没的。

她一下子慌了神，问我，那该怎么办呢，要知道，我在家里时，连只蚂蚁都不敢得罪的，如果得罪了老鼠家族，那岂不是惹了大麻烦。

我笑她，没关系的，我是灭鼠专家，今天让你见识一下如何。

说干就干，我问清了老鼠经常出没的地点，然后开始布置我的实施计划，我的屋里有两只老鼠钳，那是临来时舅舅让我带来给城里人当样品的，我心说城里头哪有老鼠呀，所以并没有当回事，没想到今天竟然碰上了用场。

我布置了现场，然后静等着收获战利品。

为了避免尴尬的局面，我诚心地邀请女孩去我的蜗居里小坐片刻，不到一个钟头的时间，保准可以有所收获。

女孩坐在我的屋里，显得很拘束的样子，我们开始东一句西一句地侃大山，她说了自己的爱好，并且谈了生活的艰难，不自然地，我们转到了爱情方面，我问她有几个男朋友？她反问我，你有几个女朋友呢？我说本公子至今孑然一身，准备打一辈子光棍呢？

她哈哈大笑，说我挺前卫的，正好适合城市人的节奏和生活方式。

这时，她的屋里传来了两声响动，我们闻风而动，小跑步前往出事地点观望，果然不出所料，那只老鼠正在老鼠钳上挣扎，望着自己的战利品，加上自己的工作有了着落，甭提心里有多么高的热情度。

为此，女孩留下我吃晚餐，我说这可是上帝奖励我的晚餐，我会好好珍惜的。

她说，没那么严重吧，只是感谢罢了，如果有机会的话，还请您多多指教。

我摆摆手说，你是高才生，我还需要向你请教呢？不过我可是生活通，在工作上马马虎虎的，但一说到做饭炒菜我可是内行，不信的话，看我露两手给你看看。

说干就干，我撸起了袖子，系上了围裙，从她的手里接过铲子和刀子等一系列必需品，她则在后面打下手，做到高潮时，我的额头竟然沁满了汗，她一边帮忙，一边拿毛巾为我擦拭汗水，别提有多么甜蜜的味道啦，这时候，谁用一万美元来请我吃饭我都会拒绝的。

几天后，我上班进入了正常化轨道，但我们的交往并不是过分的亲热，只是需要时才互相过来帮个忙，除了简单的几句话外，再无其他语言，更别说谈及爱情的话题。

我和她都是那种内向型的人，两种温柔腼腆碰在一起，无法产生出感情激荡的火花，唯有一人主动出击，爱情才会有机会，直到如今，我才突然发现，我爱上了这个叫作林芳的女孩。

但战事远没有结束,她的屋里好像是闹了老鼠精一样,天天晚上有老鼠光临,当然了,天天晚上我都会以这种借口进入她家,对她来个一览无余,当然,主要任务还是抓老鼠。

她问我,这回是老鼠的什么亲戚呀?

我摇摇头,有些江郎才尽的尴尬,大概是它的七大姑八大姨吧,和人差不多,总会有几个亲戚的。

她笑得前仰后合的,说我这人挺幽默的,心也不坏。

我的老鼠钳算是派上了用场,后来,我总算找到了一个秘密通道,那是在一个墙角,我竟然发现了一只洞直通到下面,这些房子年久失修,老鼠可能钻了法律的空子,所以它们把这里当成了自己的娱乐场所。

由于她害怕老鼠,我告诉她,不行的话,你先委屈一下,搬到我屋里,我在你这儿住,我要看看这些老鼠到底有多么猖狂,她点点头,算是同意了我的观点。

几天住下来,屋里却出奇地宁静,只有几粒老鼠屎的味道在整个空气里弥漫着,我感觉事情有些蹊跷,我再次查找了有关现场,我突然一拍脑袋,掌握了第一手的大量证据。

就这样,老鼠竟然成了我们感情的连接体,在老鼠的帮忙下,我们的爱情列车也驶入了正常化的轨道。

一年后,我宣布我们正式恋爱了,那天晚上,林芳说要为我讲个故事,希望我不要生气,我说没关系的,我心脏没问题,只要不是太恐怖就行。

她说,一个内秀的女孩子,喜欢上了邻居的一个男孩,但她羞于表白自己的爱,于是,她从书中学到了一个爱情的方式来吸引男孩的注意力,她逮了一只老鼠放在屋里,希望男孩听到自己求救的信号后,能够及时赶到替自己解围，为此，她每次都虚掩着门。

但一次的相会却是短暂的，为了替自己的爱情找一个永远的归宿，她不断地向乡下跑，她去的目的只是为了向乡下的百姓要上一只老鼠，因为老鼠存在了，爱情就永远也跑不了，结果女孩成功了。

听她讲完，我认真地笑着，这个故事还没有完，因为男孩已经发现了女孩的秘密，为此，他采取了进一步的进攻措施，为了让女孩能够永远住在自己的屋里，男孩想了一个办法，他也逮了一只老鼠放在女孩的屋里，这样，每次，他都能够以正常化的理由来爱那个女孩。

不信你看，我说着，便打开一个纸盒，里面放着一只可爱的小白鼠，为了我们的爱情，我将这只小白鼠送给你，希望我们的爱情地久天长。

林芳用手捶我的肩膀，说我太坏了，竟然玩起了螳螂捕蝉、黄雀在后的主意。

那年冬天，当房东来向我们收房租时，我一本正经地告诉他，我们要退掉一间房子，因为我们要结婚啦！

原来，爱情也需要与时俱进呢！

我和青青走丢的青春岁月

(1) 青青的糖果店和我的小古书屋

我是在一个偶然的时机发现青青居然也在业余时间开始下海经商,用她的话说,她是要利用晚上的时间弥补一下学习任务之外的一些诱惑,她的糖果店和我邻居,只有一墙之隔,一个大型的巨画横在两间屋之间,好像一道墙将我们隔在两层世界里。

青青的糖果店和我的小古书屋都是晚上营业,我从六点到零点,而她呢,居然也随了我,说是要找个垫背的或者叫同病相怜的人,因此,晚上吃过晚饭时,我们就并肩坐在各自的门口看外面的风景,偶尔用一两句无所谓的话语互相安慰一下失落的学习和惨淡的生意。

她的糖果店生意要比我好,这主要缘于她的内秀,她的细心程度绝对很高,除了些糖果,她居然开始代卖一些小礼物,而这些,正好符合男女学生的天真思想。

我的书屋呢,以租为主,偶尔也会贱卖出两本纯文学作品,因此,我发誓再不写纯文学,因为,现在的所有人都崇尚爱情和小资情调,十里十气的东西,酸酸的,没人爱看。

青青望着我,用一句话对我进行了褒奖:对,所有的人,包括文人也需要与时俱进的，要写出符合时代和年轻人的作品，你的文章有些酸楚，就好像谁不小心把一包盐和一包醋同时掉进了饭缸里，那味道，没人爱看，除了你自己。

(2) 青青的另一半和我的另一片天空

光顾青青的糖果店最多的人，除了我和她本人外，我逐渐发现另一个人，他戴着一副黑黑的墨镜，我无法看清楚他背后的光芒是吉祥还是威胁。

从青青的嘴里，我知道，他叫吴一飞，大三的学生，家就在本市住，可谓占据天时、地利和人和，他的家境很好，并且人长得又俊俏，是所有女孩喜欢追逐的目标。

吴一飞经常过来帮青青照看糖果店，青青给我说的理由居然是一个人太孤单了，所以想找个人一同熬夜罢了，话语虽然说得轻松，但一个人能和另一个人在一起，并且每天至少六个小时以上的时间，如果没有感情产生的话，那两人肯定是白痴或者傻子。

我的目光始终一步不离地留意着他们的进展，一旦那小子做出对不起青青的不轨之事来，我想，我会第一个冲上去阻拦的，因为我想当使者，护花使者，没有别的原因，也许只是陌路相逢罢了。

我的爱情却突然也冲了过来，爱爱是比我低一级的大一女生，她喜欢在我这儿看书，并且是不掏钱的那种，对于这样一个女生，我始终没有勇气站起来向她表明自己是小本生意，赔不起的。

但时间长了，她有些不好意思起来，经常到门口的米皮店给我买米皮吃，一来二去的，我发现，她开始缠上了我。

青青的目光从一个男人移到另一个男人时，我发现她的眼眶里竟然藏满了敌意，就好像我借了她家的锅一样，她丢给我一句话，行啊，几天不见，爱情有进展呀？

我向她伸了伸舌头，表明我的爱情已经开始运作起来，也算是一种另类高傲吧。

(3) 那个叫作吴一飞的大三学生

那个叫作吴一飞的大三学生，我在业余时间开始搜集他的一些犯罪证据，说是犯罪，实际上是对他身份不明的一种怀疑，闲着也是闲着，通过各种关系，我知道了他的一些底细。

吴一飞是那种喜欢讨女孩喜欢的男孩，在这个年龄段，加上他的多情，生就一副女子的肌肤，这更加重了他的自信和想象力，所以，他以不折不扣的形象开始空袭每个年龄段的女孩子。

据可靠资料，吴一飞现有女朋友三人左右，分别布局在各个年龄段的各个系，就连隔校的中专部，他还有一个小秘在那里蛰伏着，这不由增加了我对他的不满程度。

吴一飞经常从青青那里拿礼物，说是买的，其实是要送给别的女孩，而这些，青青只以为是生意场上的事罢了，吴一飞是在帮她卖商品，所以，都未在意。

吴一飞还会经常给青青出主意说哪些商品有较大的市场，哪些商品接近于现代男女的胸怀。我承认，在商场上，他绝对是个成熟的不可多得的人才，青青的生意火爆起来，这不得不归功于吴一飞的正确指挥，而正好与我的门可罗雀形成了鲜明对比，所以，我更加重视此问题的严重性。

（4）那晚的花前月下

八月十五晚上，我一个人正窝在自己的小书屋里无聊地看书，此时月儿正圆，我仿佛闻见了爱情的余香正在远方缠绕着路人。

吴一飞像个幽灵一样猫进了青青的糖果店，尽管他十分小心，还是没有逃出我无所事事的眼睛，我的目光尾随着他走进里间，虽然看不清楚，但我可以把凳子移到门口，这样子，我能够听见他们的谈话。

吴一飞带了许多好吃的，并且说今晚是中秋佳节，要与青青共度良宵，酸酸的话语，可能引起了青青的同情，里面推杯换盏开始喝个痛快。

我的思绪落到了另一个女孩的身上，因为我已经找到了吴一飞最要好女朋友的手机号码，如果现在，我以一种陌生人的身份发短信给她，会不会是一种一举多得的享受呢？

几分钟后，一个打扮妖娆的女孩，吹着口哨走进了青青的糖果店，接下来，里面传来了骂声和哭声，我分明听见有人在砸东西，有人在护东西，有人狼狈逃窜，更有人在邻屋里暗笑。

说句实话，我真不知道自己当时为什么会这么做，出于恶作剧吗？理由不充分，我只是觉得那小子的目光对青青不利，他好像是个情场老手，青青早晚会上他的贼船的，所以，事先，让他们彼此断了这个念头。

从那天起，我再也没见过吴一飞来过，青青好像也失落了许多，眼圈老是红红的，像是谁把红墨水不小心染到了她的面容上。

（5）从接近书到接近我的爱爱

爱爱还是那个爱爱，每次来时，都会问我今天心情如何，学习还不错吧，有没有什么烦心事,如果有的话,就向我倾诉吧,我说不会吧,小姐,你把自己当成心理专家啦!

她随手将一份调好的米皮放在我的书桌上,然后到书柜的后面东找西寻的,她是在找有没有新到的书,我说,我的书几乎被你窃光了,接下来,除了一个空屋外,就只是我这个人了,看你还窃什么?

爱爱扭过头看我,谁说的,其实书是要看三遍以上才叫读的,我先看一遍,是熟悉里面的人物场景,再看一遍,弄清楚事物的缘由,最后一遍才能体会到作者的心声的。

她的确是个书虫子,的确是个很有见地的女孩子,她说爱情也是如此,一开始彼此不了解,要先读一遍草拟一份计划,再一遍你就会发现这个人许多的优缺点,最后一遍,可是取胜的法宝,一定要弄清楚你们之间的优缺点是否可以互补才行。

正说着时,青青却突然走了进来,看到桌子上我还未动的米皮,她说我正好饿了。然后不容分说,三下五除二,吃了精光。

正在高谈阔论的爱爱一时间竟然无语凝噎,空气中一种很不和谐的斗争气氛,为了打破这种不和谐,我说好的,今晚我做东好了,一会儿去吃大排档。

青青吃完时,抹了抹嘴,对我说,这女孩不了解你,你不爱吃辣的,却放了太多的辣椒,幸亏有我及时替你挽回了面子。

(6) 那晚错综复杂的感情

半年后的一天夜里,外面下着大雨,爱爱还没有要走的趋势,她正坐在沙发后面搂着安妮宝贝的一本新书痴迷,而我呢,正在享受难得的雨中清闲。

隔壁的台阶有了动静,我看见吴一飞穿着个大雨衣,拐弯进了青青的糖果店。

半年多的时间，这小子又是出于什么目的？我飞快地跑到了门口，然后弯着头向青青的屋里观看。

吴一飞可能是来道歉的，道歉的理由很简单，他以前不知爱情的可贵，总觉得可以同时爱着两三个女孩，现在，一切都晚了，他后悔莫及，他希望青青给他一次机会，好让他们的爱起死回生。

青青，正在犹豫不决间徘徊，我知道，青青的心是善良的，但越是善良的心越容易上当，被这种外表华丽的人所欺负。

我没想那么多，一下子冲了进去，为了掩饰我的慌张，我怔了怔眼神，很有礼貌地向他们招手。

吴一飞大眼瞪着我，我说，本人姓古，古龙的古，现在是隔壁书屋的老板。吴一飞说你先出去，我们正说私事呢？

我说不会的，该出去的人应该是你吧，我可是这里的半个主人，不信你可以问一下青青。我拉了青青的手，告诉她我正在隔壁做夜宵，一会儿会给你送过来。另外，我还煞有介事地对她说，夜晚了，一定要注意自身的安全，不要让一些不三不四的人进来。

那一夜，我是个胜利者，青青好像是一个蒙在鼓里的人，随着我的安排做着机械式的服从。但是，我没有看到还有一双眼睛在背后望着我，那双眼中，充满了仇恨。

我回去时，爱爱早已经人走茶凉了，我只看见一句话丢在安妮宝贝的新书上，我恨你，该死的。

(7) 尾声

我再一次抓住爱爱时，已经又是半年后的一天了，爱爱长高了，人也聪明起来，我问她为啥半年多不来我这里做客，她说我在等待时机呢？

她忽然问我，你和隔壁那个姐姐的事情如何啦！

她的问话使我瞠目结舌，没那事的，别开玩笑。

不是的，我看人的眼神很对的，你们的眼睛里藏满了爱情，这是我用了半年时间揣摩出来的，你们之间，缺少的正是沟通和理解。

我不敢看她的眼睛，她接下来问我，半年前，是我不好，我丢了两句话在这里，对不起的，爱情这东西，谁也留不住，是谁的，藏起来也跑不了的。

爱爱走后，我忽然想起了那个叫作青青的女孩，相处两年多来，我们多是以同学的身份或者以帮助者的身份在对方面前出现，真的没有想到会有一天，爱爱的一句话，居然是我心中的最痛。

再见青青时，她正忙着搬家，说是糖果店的生意不做了，效果不好，要一心一意来完成最后一年的学业。我站在那里，不知如何是好，想起两年来在一起的时光，真的有些匆匆，太匆匆了。

就在我们收拾屋子中间时，不知是谁碰了中间的那幅画，蓦地，我惊呆了，竟然有一扇门留在两间房的中间。

我紧抓住青青的手，眼神中都是挽留，原来，我们中间有一道门可以自由进出的，只是我们将彼此交给了空虚的岁月和时间，我们都曾经将青春岁月丢失在自己的梦里，但现在，一切还可以重新开始吗？

一个月后，我们的店铺合二为一重新开张，起名就叫作青青小屋，很温馨的一个名字，来访的人中，爱爱是最显眼的，她高兴地拍着我的肩膀：大哥哥，终于美梦成真了吧，你还得感谢我这红娘呢？

177

我说你是我师傅，以后我专门向你学习爱情问题。

就这样，我和青青无意中走丢的青春岁月，我们想了个办法，用爱情找了回来，但愿这足以弥补生命的缺憾。

十二月的凌楚楚

(1)

十二月的凌楚楚，已经没有了以往的芬芳，用她的话来讲，她已经失去了纯真年代的萌动，直到她遇见了林皓然，遇见他，她的生活改变了规律。

十二月的冰雪季节里，凌楚楚喜欢让林皓然陪着她躲进地铁站里寻找温暖，林皓然一直不解她的这种诡秘，她却眨眨眼，这是小女子的秘密，不是所有的人都能讲的，当然，最爱的人也一样，我要为自己保存一份青春时代的记忆。

林皓然不以为然的样子，显然他对她的隐瞒表示强烈的不满，但他不敢释放出来。

十二月的凌楚楚，充满了忧伤和智慧，她搂着林皓然的腰说，人家就是烦嘛，不爱躲在家里，其实也没什么的。

林皓然不知道，凌楚楚躲在地铁站的目的是在等我，当然这种等不是想象中的那种爱慕之等，用她的话来说，她喜欢我的表情和冬天的风骨。于是，她从内心里喜欢带着一个比我英俊的男子站在我的面前，她喜欢这种感觉，就好像她喜欢把自己叫作凌楚楚。

那天，我从地铁站口像一只小猫一样地蹒跚而出，我拖着大包小包的行李，因为我要赶火车去外地出差。一个女子从后面拖住了我的包，然后，我整个人便躺在了包上。

我怒发冲冠，想对自己采取行动的人大打出手，突然间，一个男子站在我的面前，吓了我一大跳，正是林皓然，我刚才的张狂消失殆尽，赶紧拾起自己的行李来，准备来个三十六计走为上。

是他的人高马大吓怕了我，自小起，我就落下个毛病，看见比自己高大的同类便心生无限惶恐，正是这一点，让凌楚楚抓住了我的弱点，我仓皇逃窜，身后是凌楚楚比鬼还难听的大笑声。

自此，我发誓，绝不娶像凌楚楚这样的女孩子。

(2)

但凌楚楚还是找我来了，她向我借心爱的小提琴，她说每当日暮途穷时，她的心会生出许多凄凉，因此，她喜欢在地铁站里演奏，喜欢那种热热闹闹的气氛，因为那种环境不属于爱情。

我对她不屑一顾，女子是不能学中文的，学了便会改变身体的实质，原本一个好好的女子，只因为好念几首情诗，便学会了无限制、无休止的孤独。

从此，地铁站里，凌楚楚烦人地拉着小提琴，旁边，是一个忠实的爱情守护者，我曾经专门去看过他们的表演，很有专业队伍的风采，人们常常围住他们，还有些心存善心的人，会冷不丁地从后面扔进去几枚人民币来，他们把他们当成了乞讨的人。

凌楚楚不在意这些，她喜欢这种有意境的生活，她觉得充实有灵感，而林皓然已经无法忍受这种不该有的折磨，他从内心里责怪凌楚楚，放着好好的生活不过，却偏要去摆弄个什么艺术，于是，他们之间有了战争，而战争的导火索便是我的那把小提琴。

　　他终于一发不可收拾，他弄坏了那把我送给凌楚楚的小提琴，当时，凌楚楚正在里屋刷牙，她已经打算好今天的行动，并且有了一种强烈的艺术灵感，她要创作出一首单曲来，献给这个凛冽的冬日。

　　忽然间，她听到提琴落地的声音，她原本存在的艺术灵感全部转成了一座按捺不住的火山。

　　凌楚楚伤心欲绝，任凭林皓然在后面不住地哀求和祈祷，那把琴，成了他们爱情解散的中介。

　　(3)

　　凌楚楚的思想是非常有分寸的，她考虑了半天，没有答应林皓然和好的要求，她从内心开始讨厌这种男子，因为，在生命的天平上，艺术与爱情有着同样的地位，没有人能够去亵渎一种高尚的艺术思想。

　　凌楚楚从此便三天两头地找我，让我的小屋里充满了生机。

　　我原是个十分懒惰的男子，因此，我的时间安排得绰绰有余，但自从这个小女生到后，我的境况便每况愈下，正睡得好好的，梦里还有花姑娘在伴着，一双冰凉的手已经伸进我的被窝里，她冰得我恨不能从被窝里一跃而起。

　　我说你个死丫头，不赶紧找个婆家嫁出去，一直赖在我这里不走。

　　她说，没人要的，我的命硬，没有人愿意接纳我。她给我说起她的家境，说起父母的离异，说起自己从小便性格孤僻，一个人在风里来雨里去的，养成了和正常人不一样的生活方式，她说因此，许多人都在讨厌她。我说，面包总会有的，你是个禅意女子，念禅的人总会有好报的。

　　凌楚楚是个轻盈的女子，我甚至听不到她的脚步声，因此，在我说她的身体适合练瑜伽后,她便把我的房间当成了她的练功房,她越发不可一世,让我有些哭笑不得。

十二月的凌楚楚,已经丢掉了原先的痛楚,她已经从冰天雪地里苏醒过来。

(4)

但大学时的同学王路明还是来了,他高高的身材,已经增加了很多的成熟。他来了,没有别的原因,他对我说他要追求凌楚楚,他喜欢凌楚楚已经不是一天两天的事了,他说他喜欢她的虚无缥缈,我说你不适合她,她的心是用冰做的,一碰便会化的,他给予我重重的一拳。

在发过誓言的第二天,他便开始了爱情攻势。我常常摇头叹息,觉得有些人真的是无法救药。

凌楚楚得知消息后不以为然,她说以前追我的男子多了,个个以失败而告终,因为,他们没有一颗禅意芬芳的心,总是到关键时候松了弦,她说王路明是个好男人,她相信不会失望的。

王路明天天像个跟班的人一样,尾随在凌楚楚的后面,拿行李,搬提琴,他忙得不亦乐乎。地铁站里,人山人海,特立独行的凌楚楚,不顾王路明的劝阻,执着地拉着小提琴,所有的路人都驻足观看。

自此,王路明的苦命日子才刚刚开始,他追求凌楚楚采用的是通常的做法,什么请吃饭,逛大街,堆雪人,等等,凌楚楚郑重地告诫他,她不喜欢这种没有境界的做法,她只是喜欢音乐,如果可以,他必须先学会五线谱。

这些都是王路明看见便头疼的东西,他说在上学时,一看见五线谱便走不动路了,他的身体里,爹妈没有给一点音乐细胞。

这种极不相称的做法自然引起了凌楚楚的反感,王路明手足无措,他摊开双手在我的面前，抱怨世道的艰险和女人的难以捉摸。

(5)

那时，我正在绘一幅漂亮的图画，内容是画一个寂寞的女子，正在风中等待。画早已经做了好长时间，只是一直没有起名字，后来，我忽然觉得画里的女子有点像凌楚楚，有些中规中矩，却又带着与世隔绝的伤感，毫不犹豫地，我便起了个伤感的名字《十二月的凌楚楚》。

王路明抱走这幅画时，我没有察觉，当发现时，已为时已晚，他把画送给了凌楚楚，说是请一位画师专门为她量身定做的，当我知道这个消息时，就知道要大事不好。

凌楚楚有个怪怪的脾气，她不愿意在脖子上盘着围巾，由于我们从小便在一起，因此，对她的这种偏好我早已是心知肚明，具体的原因说不清楚了。好像是她的父亲在外面有了情人，她的母亲不依不饶，因为，那个女人脖子上居然围着她织的围巾，她上前与她厮打在一起，那条鲜红的围巾被顷刻间撕碎在挣扎的边缘。

从那时起，站在一旁哭泣的凌楚楚就发誓，一辈子绝不戴围巾，因为，这是她生命的伤口。

而我呢，为了报复凌楚楚当初对我的羞辱，便在这幅画上特意加了一条围巾，它就围在画里女子的脖子上，很是有些自然，却又带着西方人文主义的旧风。

据说，凌楚楚大发脾气，大骂这位画师狗屁不通，不善解人意，骂王路明狗眼瞧人低，不识时务，并且让他从她身边永远地消失。

听完这段传说后，我哈哈大笑，只是觉得这幅画的毁坏真是有些可惜。

(6)

一年的时间有些长，但只当是一粒沙子丢在了整个宇宙里。一年的时间里，我转了个城市谋生，自然而然地便离开了凌楚楚，离开凌楚楚的十二月，我忽然间觉得异乡的城市有些凄凉。

因公差的原因，我回了原先居住的城市。

也是十二月的光景，天空里无奈地飘着让人难解愁绪的白雪。

整个地铁站里，我都在伸着脖子张望，我在张望着凌楚楚，我知道她也许会在这儿，因为，她就是这个季节的角色，她不愿意生命整日地被关在时间的牢笼里，她的心属于整个冬日。因此，她会不顾一切地选择地铁，还有那把别人有些不喜欢的小提琴。

就是在黑暗的角落里，我发现搂着小提琴的凌楚楚，她已经憔悴得不成人形，我差点没有认出她来。

我拉着木然的她，走回她的房间。我问她一年来的情况，她的嗓音沙哑，我问王路明呢，她说，我辜负了他，只是想好好地爱他一回，但我的任性却成了罪魁祸首，他离开了我，当我知道后悔时，已经太晚了，我发现他正躺在大街的十字路口，一辆过路的车撞了他，据说他喝了许多的酒，在一个小酒店里，还唱些让人无法理解的歌，他的手心里，还拼命地抓着一首单曲，单曲的名字叫作《十二月的凌楚楚》。

我说他真傻，本该他的幸福，上天却没有给他。

她说，不是他的原因，是我没有这个福分，我以为他在戏弄我，便对他发了脾气，直到后来，我发现他躺在地上时，才发现，那首单曲是他谱的曲，他为我没日没夜地学音律，而我却浑然不知。

(7)

但十二月的凌楚楚没有哭，她是个比男孩子还刚强的女孩，她说生活里总会有伤痕的，王路明在地下也会祝愿我高兴的，因为，我又遇到了你。

她说，你还记得吗，十五年前的那个夜晚，在十二月的天空下，一个男孩轻轻地搂着女孩的腰，说过一些山盟和海誓。

我的眼泪不争气地流下来，她继续说，其实，我是非常喜欢那幅画的，我说，哪幅啊？就是漫天雪地里，一个女孩盘着条围巾，雪花落满她的一身。

我说，只是可惜，已经被人毁掉了。

她转过身去，展开一幅流长的画卷，上面清晰地写着《十二月的凌楚楚》，是我画的，对了，没错，那条补画的围巾，分外妖娆。

她说，我没扔掉的，因为，我知道，是你画的。

可是，对不起，我伤害了你，我画了你不喜欢的围巾。

不，那是过去，现在，我已经知道爱情的可贵和艰难，是生活，让我学会了坚强。

我忽然间好后悔，《十二月的凌楚楚》上，竟然没有一个男子的身影。看来，所有的幸福总会有欠缺的，也许老天又在开一个致命的玩笑。

当我转过身哀叹时，却发现那幅画上，不知何时多了个人在上面，他矮矮的个子，正尾随在女孩的身后，雪地上，一排深深浅浅的脚印，延伸到远方。

最蹩脚的情歌

北京地铁站里,我认识了一个叫作"绒布"的男孩子,他留着一头长长的头发,好像是一个街头的流浪艺人。那天,我和母亲一起坐地铁去远处的一个单位应聘,母亲之所以愿意和我同往,是因为她不放心我的立场,我总喜欢把工作换来换去的,因此,这次她铁了心,如果可以,她会代表我与人家签人事合同。

在地铁站口,一个高高大大的男孩子,怀里抱着一个吉他,无休止地唱歌,他的声音很枯燥无味,让人觉得有些摇滚的味道,母亲抱怨这个社会太莫名其妙了,像这种人,放着好好的工作不做,却天天喜欢在这里唱什么歌。

我反对她的意见,我说每个人都有活法,也许他认为这样是快乐的,母亲白我一眼,吓唬我说,如果你也这样,我就不要你。我向她吐了一下舌头,代表自己没有这方面的愿望,现在,我只想快快乐乐过日子,至于母亲为我安排的工作,我总是爱理不理的态度。

从那以后,他的特立独行吸引了我,尤其是他的头发覆盖着整张脸,让我有了一种浮想联翩的快乐,我总想用手撩起他神秘的面纱,看看后面藏着的到底是怎样的一种面容。

那时的我,刚刚认识了一个男孩子,他叫秦刚,是我刚工作单位的一个秘书，负责打字的，长得有些像刘德华，我总是这样，越是有特点的男孩越招我喜欢，我不喜欢人长得五官平平的，没有一点个性化的色彩。

他也好像对我有点意思，因此，当我在工作的第二天，在同学们面前宣布我已经开始恋爱时，他们都笑我说我疯了，速度太快了，比网速还快呀！

我就是这样，别人认为正确的，我偏偏说它是错的，别人说不喜欢的，我偏偏要跟人家较劲儿，这也许是母亲说我不好养的主要理由。

星期天的上午，我拉着秦刚的手，去地铁站口感受新春的气息，在那里，首先映入我眼帘的，便是那个叫作"绒布"的高大男孩，他变得更加神秘了，只留着两只眼睛对着世界，其余的所有器官都被几丝青柳隔绝到里面。

我拉着秦刚的手，有些炫耀地走到他的身边，我把几毛钱扔进他大大的张到外面的口袋里，他却突然叫住了我，声音大大的，有些吓人，小姐，我不是个讨饭的，请把钱拿走。

我问他，那你每天在这里干什么？无所事事吗？他的头发被嘴唇吹起了一阵风，继续回答我，我只是喜欢，没别的，人活着不能只为奔波。

这种感受我喜欢，符合本小姐的交友意愿，我有了一种想认识他的感觉，但当着众人的面，尤其是我的男友在我的面前，如果我不顾一切地让他露出庐山真面目，我真有些于心不忍，并且不符合我的做人原则。

因此，我把秦刚拉到一边，给他规定下一步的任务，我让他给我查清楚此人的底细，并且写成材料当面呈报给我，我欺负他是个做文秘工作的，写得一手好文章。

秦刚走了，我一个人躲在宽大的柱子后面，想着下一步如何实现个人的计划。

一周后，秦刚便将几页长长的资料交到我的手中，就好像是特务机关接头一样，我们两人秘密地蜷缩在一间酒吧里，秦刚突然问我，你怎么对此人有如此大的兴趣？我知道他可能吃醋了，笑着说，一个大老爷们，没一点度量，我只是觉得好玩吗？调剂一下生活不行吗？他点点头表示赞同。

在资料上，我知道了关于"绒布"的一些故事：

他，艺名"绒布"，真名不详，知名大学音乐系高才生，会写歌谱曲，自幼家庭贫困，父母双亡，他是被别人拉扯大的，但为人性格倔强，不易与人相处，被他的同学们戏称为"与世隔绝的人"。

就这样简单，在我了解了关于他的一些情况后，忽然对他产生了一种怜惜的想法，在这样的一个世界上，竟然没有一个亲人在关心他，怪不得他孤身一人在大街上整日守候着，原来他已经无家可回了。

我想，他的怪异性格也许与他的身世有着莫大关联，我有了一种想切入他生活的怪想。

人们对于那个在地铁站里弹吉他、唱情歌的男人有着许多不同的看法，有的说他的吉他弹得很好，但他的歌唱得太难听了；有的说市政部门应该出面管管，大白天的，不务正业的样子。

当我把众人对他的看法告诉他时，他没有表示任何的态度，他就是他，因为他叫作"绒布"，一个让人琢磨不透的男人。

那天，秦刚没有和我在一起，我孤身一人去地铁站口坐车，因为我的工作单位的原因，我必须坐地铁上下班，我也成为他的一位欣赏者。

一伙警察赶了过来，没收了"绒布"的全部家当，终于还是东窗事发了，我正好赶到他的面前，他正在与他们交涉，警察问他为什么整日里在这里唱歌，有什么企图？他回答，没啥企图，只是喜欢唱罢了。警察告诉他，你已经违反了公共秩序，需要和我们回去作笔录。

正纠缠不休时，我出场了，凭我的才学，我三下五除二便替他摆平了面前的问题，警察最后说，念你没犯过多大罪过，只是犯了一些小问题，从今天后，别在这里唱歌，看在这位姑娘的面子上，饶你一次，一会儿上所里登记去，登记完再领回你的东西。

警察走了，他蹲在墙边，我站在他的旁边安慰他：不要紧的，一会儿你的家当便会完璧归赵了，他忽而用手抹起了眼泪，使我如坠云里雾中，我知道他可能伤了心，对他说，你这样的做法确实有些欠妥，下次你应该改变一下方式，或者选择一下时间，也许会好的。

他抬头看我，一副感激的神情，我和他一起徒步去派出所登记领东西，到了那里，人家又是一顿教育和说服，说他的造型也有碍于市容，他有些着急，竟然想与人家争吵，我赶紧从中周旋，好容易才劝人家息怒了，他领完了他的吉他，还有一个装吉他的大箱子。

从那天起，我觉得他好可爱，敏感的神经下面，竟然装着一个不为人知的恐惧之心，这也许是他的弱项吧，但找下手点，必须找弱项才行，否则便无机可乘啦！

我不知自己在做什么，只是觉得和一个高高大大的男人一起，在午夜十二点的时候，站在地铁口弹吉他唱情歌，真的是一种享受。

三天后，秦刚过来找我，说是有一场大型的演出，让我和他一起前往，我答应了，因为我是喜欢音乐的，就好像我莫名其妙地喜欢上了那个叫作"绒布"的男人。

地铁站口，我又看见了他，他正蜷缩成一团在那里出神，由于前两天的影响，他已经不敢明目张胆地进行原来的行动，少了音乐的地铁站，忽然有了几丝冷清，有些人回过头来，也许正在寻找那个叫作"绒布"的会弹吉他、唱情歌的男人，带着几丝怅惘。

我忽然间觉得，地铁站必须有音乐才叫浪漫，也许，它的设计者在当初设计时并未考虑这种因素，几首音乐，会使人变得侠骨柔肠，这个社会也许会更加和谐的。

我焦急地等待着地铁的到来，可原来几分钟一班地铁却好像突然间失了踪，人越聚越多，人们都在交头议论着。我时不时回过头来，向着"绒布"存在的方向张望，他依然如故，低头思索着，没有任何喧嚣能够打乱他的思想。

这时，一种令人紧张的景象发生了，在地铁的轨道上，突然出现了一只可爱的小猫，它自由自在地挪动着方步，好像没有感觉危险的到来，这可能是谁家养着的小猫，不知从哪儿钻了进来。

我是向来十分爱惜动物的，尤其是它的清纯吸引了我。人们也在交头接耳，不知如何是好，我用手扯了秦刚一把，那意思让他赶紧下去把小猫抱上来，地铁马上就要来了。

秦刚犹豫着，脸上的汗也已经渗出，我忽然觉得这样的一个文弱男人好没出息，面对着一个生机勃勃的生灵，居然没有一颗怜悯的心，我甩开了他的手，想下去冒险一救。

正在我摩拳擦掌时，一个高大的身影猛地从我身边蹿过，是"绒布"。只是在瞬间，他的敏捷程度超出了我的想象力，那只小猫已经在他的怀里，他也已经在地铁到来前飞到了地平面上。

人们纷纷鼓掌表示庆贺，我也感觉出了一身的冷汗，就是风儿吹起的一刹那，他的整张脸暴露无遗，在他左脸的某个位置上，有一块明显的伤疤，很大的样子，好像一块膏药，被江湖术士无情地贴在他的脸上，我明白了他伪装自己的理由，在高傲的行动后面，有着一颗不自信的心。

我没有在乎他的容颜，只是觉得他勇敢、执着，拥有一颗善良和精细的灵魂。

那晚回家时，秦刚紧跟着我，像是怕把我弄丢了，我很愤怒，我在内心里骂他是个懦夫，徒有其表，不如给了别人好，我开始讨厌这个整天像牛皮糖一样跟着我、没有任何主见的男人。

我请了长假，对母亲说身体不舒服，我开始接近"绒布"，我想我的爱情方向也许需要变一下，当时，我并没有考虑那么多的后果，我只想离开秦刚，至于下一步如何走，我无法知道，也不想知道。

我第一次到了他的蜗居，一间简易的破房子，是朋友临时让他住的，我问他下一步如何打算，你不能这样子在大街上混个脸熟，你应该有自己的方向和理想，他说我已经有了，我要谱曲、写歌，我要成为一个作曲家、音乐人。

从那天起，在他的简易居所里，他没白天黑夜地写歌，成功时他总是冲我笑笑，算是一种自信的宣言，如果失败了，他便站起身来，在屋里踱着方步，就像那只在地铁站里悠闲自在的小猫。

为了争取自己目标的实现性，他又去了地铁站，他说那里是检验自己才华是否适用的场所，他想让世人检测一下自己的音乐。

他唱着歌，弹着吉他，歌词是自己写的，曲是自己做的，我仔细地听，好像是要听出些眉目来，人们都很高兴的样子，已经没有人再为难他了，只是觉得这个年轻人很执着，在走一条别人不敢走的路。

这期间，秦刚将我的情况告诉了我的母亲，并且说了我的许多坏话，母亲把我一个人留在家里，问我为什么把秦刚给甩了，我说我不喜欢他，他不是我理想中的男人，母亲接着问我，那么，你为什么喜欢那个脸上长着伤疤的男人，我回答她，没有的，只是觉得他的身世很可怜，所以才跟了他，其实，他的伤疤并没有什么的，人总有自己喜欢的理由吧。

母亲不再说什么，她面对自己的丫头，沉默也许是最好的态度。她把一本厚厚的日记本扔到我的面前，然后离开我的小屋，我打开日记本，上面赫然写着关于母亲的不为人知的秘密：

母亲在年轻时，爱上了一位会绘画的男人，当时，她家里的所有人都在反对她，因为面前的他是卑微的，但无论如何，母亲也无法改变自己的初衷，她不折不扣地爱着他，不需要解释的理由。

但后来，造化弄人，那个她深爱着的男人，却在一次意外的车祸中丧生，这令母亲伤心欲绝，因为在当时，她已经怀了他的孩子。

在日记的最后，两句话吸引了我，一句是：爱上他，我是不会后悔的，这不需要冠冕堂皇的理由；第二句是：每个人都有选择的权利，也许你的选择是对的。

我深深明白了母亲的用心良苦：她在无形中支持了我的感情事业，她支持了我的主见，让我慎重作出自己的选择。

当我把这个故事告诉那个叫作"绒布"的男人时，他居然痛哭流涕，他深深地搂着我，我不会让你失望的，用一生做一个担保。

就这样，我爱上了一个这世上最蹩脚的男人，唱着这世上最蹩脚的情歌，但我没有后悔，人人都有选择的权利，我喜欢你不喜欢你并没有人格上的问题，只是觉得不适合罢了，那个叫作秦刚的男人，我们尽释前嫌，并且我还把自己的好友介绍给了他，我们分别幸福地过着爱情的日子。

想起那些难忘的往事来，我只想用一句话来总结怀念它：这世上是有缘分的，我们相信每个人都会有属于自己的幸福机缘，这些事情，勉强不得。

花开十年

十年前的那个黄昏,当我的右手伸向你家的门铃时,我不知道这以后的漫长岁月会与你一起度过,而这期间,始终与爱情无缘。

初来乍到的我对世界充满了好奇与恐惧,我庆幸是遇见了你,我庆幸那天下午没有将手伸向别家的窗台,你开了门,典型的中分头,苍老的面孔,让我情不自禁地向你叫叔叔,你恍然大悟后指着自己的鼻子问我:小姑娘,我有那么老吗?从此,我搬进了你家,而你成了我生命中唯一的房东。

那一年,我二十,正是槐花要开的年龄,你三十,你说的,你已经开过花了,只剩下最后一朵枯萎还残留在生命的枝头上。

我孤独地蜷缩在这个异乡的城市求学,幸好有你,你成了我的玩伴,也成了我茶余饭后的笑料,你经常会将一大堆脏衣服罗列在一起,你说的,衣服不能每天都洗的,需要整合起来洗,既效率高,又不耽误宝贵生命的时间,所以,你的屋子里经常有菜味和汗珠的臭味,你说,你喜欢混合型的。

我去的那几天,你的苍老引起了我的注意,在一阵琴声里,我猜测出来,你可能失恋了,或者离了异,你的心思通过你的琴声被我猜测得百发百中。

当一天夜里,我听见你的痛哭声时,我从被窝里钻了出来,敲你的门不开,我不知所措地砸了你屋的房门,你喝了太多的酒,正寂寞无依地哀鸣着,那一刻，我看到了一个需要我关心的男人。

我将你扶到床上，你抱住我，叫我子伊，你说：我错了，你为什么要离开我。我不知如何应对，直到最后将自己干脆扮成了子伊的角色，我说：你怎么啦，我是子伊，你告诉我你哭泣的理由，我会给你解释和安慰。

突然间，你像一个小孩子，见到了母亲或者是亲人，你钻到我脆弱的怀里，我情不自禁地拿手拍你的肩膀，那夜，我听到了一个30岁男人的心声，你的前妻由于有了外遇，所以弃你而去，你不知所以然，平常只是将感情埋在心里，只是等到酒精麻醉后，才敢将它们原原本本地发泄出来，我忽然很想同情地对你说一声：你活得太累了，没有为自己。

第二天酒醒后，你过来向我道歉，说昨晚喝多了酒，打扰了我的休息，以后保证再不会发生了；你的涵养让我觉得，你是一个值得信赖的男人，子伊的离开只能怨她选错了道路和目标，她无福享受这份浪漫。

就这样，我们相依相伴着过了半年的时光，看到你衣食没有着落的样子，我干脆答应帮你做饭，或者闲暇时帮你洗一下衣服，你以免收每月的房租来换取我的劳动，我喜不自禁。

你逐渐整洁了，这应当归功于我的辛劳，我的洁癖影响了你，你也开始注意自己的形象，并且扬言要去外面谈一个女朋友，你要寻找第二春，我说好的，我们都到年龄了，我们打个赌好不好，如果谁先找到的话，谁便到本市最大的宾馆摆上一桌，我们钩了指头，然后推开门走进了新的一天。

我开始恋爱了，不过，我没有向你表露我的心思，但你聪明得很，通过我的琴声居然听到了我的心声，直到有一天，我的男友突然对我说，我们的背后怎么总是有一个小老头跟随时，我才回过头来，看到了你的身影，那一刻，除了愤怒，我找不到合适的词汇来形容我的心情。

回到家里，我单刀直入地问你，为什么要跟踪我？你说交朋友是要当心的，我看那个小子不是个好东西，所以，想试探一下。

我说有这个必要吗？我自己的事情自己做主，自己的爱情属于自己，由不得你管东问西的。

你委屈得像个孩子，那夜，我以罚你洗碗为跟踪的代价。

我的爱情一天天发芽，开始寻找幸福的方向，但有一天喝完酒后，这小子的坏毛病一览无余，他突然产生了非分之想，在都市的街头，在狂吻过我以后，他邪恶的想法以一触即发的动作展现出来，我毫无防备，眼看着我的贞节快要变成浮云流水，此时，你却出现了，你戴着一个扫地老头的帽子，一顿拳头将那小子打得落花流水，你恐吓他，小子注意点，这是我妹妹，由不得你胡来，否则卸你的两只胳膊，惊吓过度的我倒在你的怀里，你的手轻拍着我的肩膀，那么轻柔，一如我当初拍你的一样。

自此以后，同学们都知道我有个脾气极坏的哥哥，所以，他们都在远离我，我也只能以骄傲的公主身份自居，但这种境况虽然有了几分寂寞，却排除了安全的隐患。

五年后的一个秋天，我正为毕业找工作的事情烦恼犹豫不决，你却突然领进家里一个40岁左右的女人，她显然是外乡人，进屋里总是以一种怀疑的眼光打量着我和四周，你说叫嫂子吧，刚认识的，挺适合的，我就领家了，让你也看看。

我拉了你的衣领到里屋，问你她知底吗？现在骗子可多了，别上当啦。

你说不会的，打听过了，没问题，就是人穷了点。

你听不进我的劝告，那晚，我一个人躺在床上，听到了你屋里传来的呻吟声，我忽然觉得好痛苦，一种无可名状的感觉油然而生，就好像自己的一块蛋糕，突然间让别人从怀里抢走了。

镇定过后，我告诉自己，我们只是两个陌路人，所以，从一开始，就当是一场梦罢了。

但女人的目光总是犀利的，半年后的一个黄昏，我下班回家，却发现一张再熟悉不过的愁眉苦脸的脸，你说，完了，我一年来辛辛苦苦挣的钱全完了，那个女人，偷走了我所有的钱，自己也消失得无影踪。

我能说什么呢，难道是责备吗？最后，我拉起了你，告诉你要振作起来，前面路还长，以后我可以养活你，你用惊讶的眼神望着我，然后郑重地点了点头。

我29岁、你39岁那年的一个冬天，一个小女孩敲家里的房门，我开门后问小女孩你找谁？她说找自己的爸爸，我很惊讶，你却出来了，拉着小女孩的手叫小亚，还问你妈呢？怎么一个人来找爸爸呀。

我才得知，他们离异时已经有了一个叫小亚的女孩，但她的妈妈对她管得严，他们父女很少有见面的机会，小亚哭着说妈妈被人绑架了，让我过来找你。

你瞬间崩溃了，直到那时起，我才从内心里得知，你对子伊的感情依然如十年前一样地执着和坚定。

你出去了，只留下我对着镜子空发呆，那晚你没有回来，你嘱托我照顾好小亚，我点点头表示答应，小女孩叫我阿姨，问我是新妈妈吗？我笑了，说不是的，我只是一个临时租房子的人。

一周后，一辆警车停在房子的门口，你下车来，身边多了一个憔悴不堪的女人，你又是对人家感谢又是鞠躬的，小亚出去了，我才知道，那个女人，正是你十年前的原配子伊。

子伊显然精神受了刺激，十年的风花雪月和为所欲为换来的只是身体上的一丝快感和精神上的永远伤痛，而你呢，却毅然决然地接受了她，你说的，就像当初爱上她一样。

从那时起，我告诉自己，这个十年来所住的屋，只是暂住而已，我只是租了人家的房子，而不是房子的女主人。

那时起，我终于明白，你对于我而言，终究是20岁开始做的一场梦，梦醒后，我依然是我，你依然是你，我们井水不犯河水，永远没有交集。

我搬到了另外的一间阁楼上，我喜欢这样的格调和生活方式，我依然喜欢弹琴，喜欢单身，喜欢望着山的另一边祈祷。

花开十年，终于成风、成梦，我庆幸自己终究没有透露自己攒了半辈子的誓言，你我始终是两种风景，这不仅仅是年龄上的差别，还有世俗和流言。

这世上有一种离弃，叫作宿命吧。

听见花开的声音

许多时候，我的心就像一条永不停止的航船，在时间的河上不知疲倦地奔走。奔走，也许只是为了那个高高大大的男孩，现在，他就站在夕阳里，我知道我不是在看夕阳，夕阳虽然美，却远不及他，同学问我痴痴地做啥，我回答说：看夕阳。

他叫高飞，与我同班，也许命定有着特殊的情感纠缠，我从一入班就开始注意他，谁叫他是班里长得最高、最白的男孩，谁叫他长得俊俏，谁叫他随随便便地便走进了我的生命，谁叫他是高飞……

我傻傻地想，想着和他的一些梦幻，想着时便会笑起来，就好像我看见了自己的未来，我们是生活的主角。

初恋时的女孩最容易激动，他的一个笑容、一个动作便令我怀想整个春天，我喜欢他，便喜欢他的一切，包括他走过的草丛、荡过的秋千，我经常会在他经过的地方等待，等待，只是为了看他的笑脸。

足球场上，我斜着身躯看他，他高大的背影在阳光下朦胧生长，远远地，那只球冲着我飞来，我有些措手不及，没有踢球经验的我被球一下子打在身上，好疼，远方，他冲我招手，我以为是他在叫我，便忍住疼痛跑过去，当时我的心已经怒放了。

适得其反的是，他居然是在让我将球踢过来，我害羞得像喝了白酒，脸上布满了红云，为自己的错意，为他的无情，我连踢了几下子都无法将球踢出去，他悻悻地跑过来，冲着我大叫：你太笨了，连个球都不会踢。一句话，伤了我的自尊，我拼命地奔跑，拼命地哭，当然，是在无人的地方。

哭过以后，我告诫自己他太无情了，干脆把他忘掉，或者只当作一个陌路人而已，我试了几次，都无功而返，他的样子已经嵌进了我的生命，我心里狠狠地骂他，高飞，你个混蛋，就不喜欢你。

恨过以后，我依然想着他，我甚至为他开脱罪责，也许是真的，在那种场合下，自己一个女孩，连个足球都踢不出去，已经让人笑掉了大牙，人家说我是应该的。为此，我连续几天地守在足球场上，站步、顶球，我把自己努力装成超级女生，或者把自己暂时当作巾帼红颜。

我喜欢去校门口的一家凉皮店，那也许是每个女孩的爱好，一碗甜甜辣辣的凉皮，我细细地吃，慢慢地嚼，心里头在默念着他的名字，高飞，高飞，谁让你是高飞。

忽然间有另一种感觉传来，我看见两个人说说笑笑地进了凉皮店，他和另一个女孩在一起，他们居然挽着手，我的头低着，只用眼角的余光透过鬓角的短发看他，穿过我的黑发的我的眼睛。显然我的内心充满了忌妒，我暗骂着这个不负责任的家伙，已经有人在恋着他，他却又找了一个。

幸好他们没有发现我，因为我只是他生命里的一个小小的角色，就像落在他衣服上的一片枫叶，风儿一吹，掉落尘埃。

在图书馆门前，我又遇到了他，他跟我打招呼：看书？我点点头，脸上瞬间便有红晕产生。所幸我喜欢用长发盖住脸，增加自己的神秘色彩，因此，我所有的尴尬总是叫人看不出的。

图书馆里，我在找一本心爱的书，那是新增加的一本校园小说，写初恋的，正符合我这个季节女孩的需求，我记得它就放在最里面的一层，却找了半天没有结果，正踌躇着，一只手、一本书递了过来，你在找它吧，在这里，我刚刚看完，我是这本书的第一个观众，你是第二个，我们是朋友。

他说的话引起了我的耳鸣，我讪讪地拿起书，连谢谢都没说，我总是这样，也许是这个年龄所有女孩子的通病，不会去交流。

晚上，我躺在床上，痴痴地看书，想着当高飞看到这个情节时，他会如何想，看着看着我把自己当成故事的主人公，眼泪就不争气地流了下来，书上说所有青春期的女孩都是多愁善感的，这个时期的爱情也是最纯洁浪漫的，我不敢苟同，因为，除了思念外，我真的找不出别的理由来解释这种感觉。我拿起笔在书上信手涂鸦，我冒着被图书管理员罚款的危险在想着他，他知道吗。高飞，我想你，我在书的一角写下青春的第一笔誓言。

高一很快结束了，我没有按照自己的爱好报自己喜欢的文科，不为别的，我喜欢高飞，他在理科，我不能与他拉开距离。

同学联谊会上，我拼命地唱歌，有些凄惨，同学们都怪怪地看着我，说我多了一层神秘的伤感，是不是初恋了，我笑笑，没有，是第二恋啦，初恋在小学时，早已经往事如烟了。

同学们都笑我，唯有高飞站在一旁弹着吉他，他的吉他弹得很好，是那种不用认真听就能够听懂的那种，他弹流行歌曲，同学都在听，除了掌声外，我没有找到另外一种鼓舞他的方式。

他成了班里的偶像，同学们都以与他相伴为荣，包括男生在内，唯有我特立独行，虽然我在内心里喜欢他，但我竭尽全力在控制着自己的感情外露，因为我是马小鸽，因为我是我。

他身边的女孩一直在换，成绩却没有落下过，我一直找不出他如此优秀的理由，除了天赋外，他的聪明和智慧也许就是我与他之间的唯一区别，我有天赋却不努力，他都有。

高二的下学期，同学们之间纷纷扬扬地传说着我们的故事，他们都在说我们在谈恋爱：你看他们俩见面时的表情，不是那种平平常常的路遇，却是有着另外的一种隐含，她脸红，他脸白，绝对是超级隐私。

我们的材料被不断地炒作翻新，同学们特喜欢加作料，说得有模有样，绝不亚于电视台的新闻。我没有觉得如何，相反却很平静的样子，我也觉得奇怪，仔细想来，可能是我真的想让他知道我在喜欢他，只是没有机会，现在，同学们替我说了出来，没有关系的，我一直喜欢流言，更喜欢我与他的流言。

他显然是败了阵，每逢同学们说他时，他总是张口结舌，为此，他还取消原本与我的郊游机会，改与另一个女孩前往。

我哭了，不可遏止地、无法控制地，哭得天上也下了雨。

从那时起，我发誓要忘了他，忘掉这份名不正言不顺的感情经历。

晚上电话却突然响了，我接了，原来是他，这是我始料未及的，我问他是谁？他回答，高飞。我说：我不认识你，干吗在电话里伤害我，我说你是个路人，为啥要打电话安慰我，我只是一个傻子，不值得你同情，你赶快走吧，走得越远越好，我讨厌你，我是马小鸽，一只会飞的鸽子，总有一天我会长大的，我会飞向远方，永远不要再回来，我要离开这个伤心的地方。

我哭了，不分青红皂白地，他那边只有微微的喘息声，我大声训斥他：你走了吗？他回答：没有。我吼道：我让你说话了吗？谁让你回答我，你管我干什么，你找班里的其他女孩子吧，她们都很年轻，长得比我漂亮，她们比我脾气好……

事后，我一直在追问自己，当时是怎么啦！我一直哭什么？为谁而哭？

我是如此深切地在乎高飞，却说不出那晚的理由，只是希望自己早早地从悲剧里苏醒，因为，毕竟我们太年轻，这个季节，这个年龄，我们只适合开花，不会结果。

一年后的秋天，我考上了南方的一所大学，我永远地离开了学校，永远地离开了高飞，就像一只风筝，突然间线断了，然后便是咫尺天涯。

那个秋天，我忽然听见了花开的声音，在月光下，在青春的舞台前。我仿佛看见自己正站在风中，满地的月光，无人清扫，满院的桂花，四处飘香，而一辆崭新的单车，正驶向远方。

那一场被错过的风花雪月

2004年的秋天，北京西客站口，我孤身一人站在雨中。我的肩上担着毕业无路可走的阴影，心里念着父母的苦口婆心，那时，我只有两条路可走，要么留在家里，接受父母亲操办的媒妁婚姻，要么，远离家乡，创一番惊天动地的事业来改变父母传统的思想，我别无选择。

黄昏时分，北京地铁站口，我看到一个孤零零的女孩在那里鼓弄着手风琴，没有出过门的我便好奇地上前观看，在她的面前，摆着一幅字迹，开始时，我以为是艺术家在表演自己的才能，走近了，却发现上面写着女孩的经历：女孩已经身无分文，她只需要100元能够回到家乡。

临出门时，父母便一再教导我，外面骗人的把戏很多，让我小心点，我在内心里加了一百个小心，便准备转身离开。忽然间，我听到了琴声，琴声很凄凉，仿佛藏着许许多多的心事，令我这个过路的人无法释怀，我无法迈出自己脆弱的脚步，便又转过身来望着她。过往的行人很多，但没有人理睬她，她面前的字迹上只扔了几个零星的硬币，他们把她真的当成了乞丐。

我驻足在那里很长时间，内心里也在作着激烈的思想斗争，临来时，我向父母要了200元，除去来时的路费，也就剩下百十元，如果给她，我将一无所有。思忖再三，父母遗传的善良还是让我发了怜悯之心，我走到她的面前。

她早就发现了我，见我过来，用渴望的眼神望着我，我将100元放在她的面前，她忽然间给我跪了下来，令我这个初出茅庐的小伙子不知所措，我拉她起来，风把她的长发飘起，我看见她憔悴的脸，两个眉心中间清楚地印着一个漂亮的美人痣。

那件故事很快成为回忆消逝在我的脑海里，接下来的日子，为了解决温饱问题，我拼命地跑，找工作，找以前的同学和熟人，我曾经连续几天没有地方居住，只好和一帮民工搅在郊区的民房内，但我对自己的做法没有后悔。

一年的时间很快过去了，在奋斗了一年后，现在的我已经是一家合资企业的人事部副经理，这也是我一年来兢兢业业、耐劳吃苦的最好回报。

一天，我去街上干洗衣服，却发现拐角处的十字路口新开了一家干洗店，出于好奇心我便走了进去。门口的一个女孩起身来迎接我，当她过来接我手里的衣服时，我忽然发现有些似曾相识，她也愣怔一下，接下来，便红着脸对我说："大哥，你在这附近上班吗？"我只是觉得有些熟悉，却怎么也想不起来，她提醒我："大哥，你忘了，一年前，地铁站口，那个雨中的女孩。"

我忽然间恍然大悟，是她，她不是回家了吗？怎么现在在这里，还开了一家干洗店，见我疑惑的样子，她给我解释："是这样的，大哥，我回了家，但半年后，我又回到了北京，因为我喜欢这个地方，这里也是我的梦想，我想在这里展现自己的才华。"

她的话很轻柔，让我无法想象她是来自山区的一个女孩，她给我说："我的梦想是先自己开一家像样的干洗店，然后将来有钱后上音乐学院，圆我的音乐梦。"我问她："这不是你的干洗店吗？"她笑笑说："不是，我可没有钱，这是别人的，我只是帮忙的。噢，忘了，老板已经预付了我一个月的工资，我先还你100元。"说着，她便从袋子里掏钱给我，我急忙拦住她：

"算了吧，人都有落难的时候，说不定将来我也需要你帮忙呢？你刚来，正缺钱花，先用吧，等将来你飞黄腾达了再还我。"

她坚持给我，我却一再推辞，最后，她对我说："那我先收起来，以后你的衣服尽管拿来，我免费给你洗。"接下来，她便开始忙碌起来，一会儿走到里间，一会儿又退到外间，我看她忙碌的样子，便告辞而出。

以后的日子，我们交往多起来，我经常会把自己的脏衣服拿过去，每次她总说不要钱，我过意不去，给人家打工吗，如果不收我的钱，老板肯定会扣她的工资，我谎称是老板的衣服，并且把以前所欠的钱如数归还。

一来二去，我发现我有些喜欢这位美丽的女孩子，那是一种朦胧的情愫和思想，开始时，有些模糊，后来，每每孤独时，眼前总会浮现她的影子，挥之不去，她就像一块磁铁，在吸引着我的身体和神经，令我欲罢不能。

于是，我总在找机会接近她，但出师总该是有名的，我把自己所有的衣服收拾起来，就连干净的也放在一块儿交给她，以找借口接近她。后来，自己实在没有衣服洗了，我便在同事中间替她做宣传，说我认识街口干洗店的老板，干洗衣服可以优惠，还可以送货上门，同事在诧异地望着我，我不管三七二十一，收拾起来一大包的脏衣服，为了避免出现错误，我还在每件衣服的身上用曲别针别上主人的姓名。

不仅如此，就连老板的衣服，我也开始张罗，一段时间下来，老板更加欣赏我了，说我小子会办事，是个搞细节工作的材料，让我好好做事，将来肯定前途无量。

我从内心里觉得十分可笑，如果老板知道我用他的衣服是为了接近女孩，那将会是一个怎样的结果呢，我总是偷偷地想，想着想着便暗暗地笑，如果自己的爱情故事曝光出来，绝对能够写成一本优美的爱情小说，只是，我不知道这故事的结局会怎样?

为此,我总想找个机会向女孩表白,但以前爱情从未光顾过我,没有经验的我,内向不敢言一直是我的薄弱环节,我不敢向她表白爱情,我害怕自己的真心会换来一场失败。甚至有一次,干洗店里只有我和她两个人,她闲着没事,我则躲在柜台的外面,我好想对她说一句"我爱你"之类的肉麻的话,但等待了半天,我还是没有找到说出口的机会,就在此时,老板娘回来了,大声斥责女孩说几件衣服洗得不干净,做事总是不用心,好像给人勾了魂一样,说完还冷着脸对着我,我大气不敢出,狼狈逃窜。

再后来,我总是趁老板娘不在时,再去她的店里干洗衣服,有一次,洗完衣服时,她对我说:"大哥,你不要发票吗?人家洗衣服都要发票的,可以报销。"我说:"公司里没有这方面的规定,要了也没用,还是省了吧。"她却不依不饶地和我辩解:"还是要一张吧,以备将来之用。我把发票放在你的风衣口袋里了,你回家可以看一下。"我没有在意地胡乱答应着。

一个星期后,我又拿着衣服到她的店里,却发现柜台前换了一个女孩子,我问:"她呢?"女孩告诉我:"她刚刚走,说是回老家了,她让我把100元钱交给你,说是欠你的。"我忽然间觉得五雷轰顶,到手的爱情,怎么说走就走了呢,我还没有向女孩表白过自己的真心,怎么女孩就突然间消失啦!

我几天都魂不守舍,为自己的过失、不勇敢,为女孩的无情,怎么不给我一个表白的机会呢,我又后悔自己竟然连女孩的名字都不知道,更别说电话号码,谈了半天恋爱,却只是一场梦而已,我在心里骂自己不是个男子汉,没有用。

但日子还得过下去,我觉得是刚刚做了场梦,梦醒时一切都已经消失了,只有自己是如此地狼狈。我收拾好自己的心情,重新迎接生活的挑战。

冬天很快来了,这也是我在北京度过的第二个冬日,我从箱子里翻出自己的风衣，打算收拾一下过冬。当我的手伸向风衣口袋时，却发现里面有张纸条，打开时，却是一张小小的发票，发票上面，写着密密麻麻的字迹，这是怎么一回事，我忽然想起了那个女孩以及她临走前的提醒，她让我回家看那张发票，而我却太大意啦，打开来看，上面记着女孩的话：

大哥，真的谢谢你对我无微不至的关怀，但有件事我必须告诉你，我是从家里偷着跑出来的，我的父亲已经把我许配给山里的一个丑八怪，因为我家里欠了人家1万元的债务，父亲打电话来，让我必须回家，否则就不认我这个女儿，我真的没有法子。在这里，我举目无亲，只有你这样一个亲人，如果可以，你能够帮助我吗？我一直把你当成我的依靠，你的出现，也成了我重新鼓起勇气生活的动力。我该怎么办呀！三天后，我就要离开这座我深爱的城市了，面对我的，将是另外一种生活，我不知前途是福是祸，但我只能深深地告诉你，我是真的爱你。如果可以，今晚你能来广场吗？我想和你一起数天上的星星。

只是几行简单的文字，让我突然间从梦里惊醒，我捶胸顿足，自己的一时疏忽，不仅丢掉了一场刻骨铭心的爱情，而且毁坏了女孩的一生。凭我当时的能力，1万元是绝对没有问题的，再加上我自己的法律常识，我绝对可以说服女孩的父亲退掉这场包办的婚姻，而我却没有，由于自己的大意，这段故事的女主人公陷入了一场灾难，这段原本美丽的爱情故事没有了结尾，成了让人后悔一辈子的绝唱，我欲哭无泪。

原来，有些爱情，并不是上天不给机会，只是有些人太愚昧、太粗心了。

我注定要后悔一辈子。

第四季

冬季／原来有些树，不是不会开花

那晚，章小茵打开了那枚精致的手绢，却忽然发现，原来盛开的那些花儿，已经消失得无影无踪，只有一个等花的女子，仍站在风中。

原来有些树，不是不会开花，只是不适合，或者错过了花开的年龄。

有些树，不是不会开花

章小茵喜欢躲在蓝色格子伞的下面看远处的风景，这已经是她多年来养成的习惯，她是脆弱的，身体就好像风中飞絮，随时有被吹走的可能，但脆弱的心灵下面有着一颗坚强的心，就这样，她想，她原来就该是一棵树的，开满一树的花，千朵万朵压枝低，等待的不知是哪个赏花的人。

在高二班里所有的女生当中，她是属于非常内向的那种女孩，从不轻易吐露自己的芬芳，如果遇到哪位男生，她总是以脸红作为见面礼送给他。因此，在班级里，她有一个很好听的名字"章小鸭"。

章小茵内向的性格正好与她的学习成绩成了反比，是哪个哲人说的，性格越内向的人总是越有时间去学习，因此，她的学习成绩总是很好的，但感情方面容易受到伤害。

章小茵喜欢看唯美的小说，所以，她总会把书中的场景与自己的性格作比较，每次，她总是悄悄地哭泣，就好像哪位男生欺负了她一般，哭完后，她还是她，只是把头向下更低一些。

罗春峰报到的第一天，便被一帮老师们围了个水泄不通，几乎校园里都在传说着要来一位年轻老师的消息，果然不出所料，罗春峰的阳光气息感染了在场的所有人，当然包括所有的女老师，章小茵挤在人群里看见了罗春峰，当时，他给她的第一印象便是这是个刚刚从学校毕业不久的学生，一脸的孩子气，就好像我们同级一样。但同学们都在为他鼓掌，争着要求罗老师教各自的班级，章小茵没有鼓，她就是她，不会随声附和。

那天下午，终于传出最后的消息，罗春峰要去任高二一班的班主任，这正好是章小茵的班级，章小茵的脸有些红红的，因为她在内心里也对他有些崇拜，他的长相有些像电影明星，高高大大的样子，这正好符合许多女生的偶像标准，当然包括章小茵。

第一天的课，章小茵今生难忘，罗春峰做自我介绍，他说他姓罗，罗成的罗，叫春峰，不是春天里的风，而春天的山峰，名字连在一起解释就是一头骡子走在春天的山峰上，一句话，所有的人都在为他热烈地鼓掌，同学们都没见过像他这样有个性的老师，既有才学，又有讲课的气氛，把自己的名字解释得像一个故事一样可爱，章小茵红着脸望着他，就好像望着一棵会开花的树。

第一节课根本没讲课本上的知识，同学们挨个地自我介绍，轮到章小茵时，章小茵更加羞涩了，想了半天仍没有开口，同学们都在哈哈大笑，有的说她叫章小鸭，因为害羞，有的说不是的，章小鸭不是那样的解释，其实是张着嘴巴的小鸭子。章小茵的眼里面酸酸的，她恨不得找个地缝钻进去。

罗春峰制止了大家的喧闹，他郑重地告诫大家：同学们之间是要互相尊重的，不可以随便给人起外号。接下来，他安慰章小茵：这位同学，请你大胆地讲话，我们就好像一家人一样，在这里，就像是在家里。在罗春峰的鼓励下，章小茵抬起了原本低着的头，她深深地望着讲台上的一双眼睛，那双眼睛里，装满了鼓励，流露着春风。

从此，章小茵更加喜欢上语文课了，因为，每逢上语文课时，就会见到那一双温馨的眼睛,她喜欢那双眼睛,就像是喜欢一棵会开花的树一样,那朵朵花儿不正是树的眼睛吗?她天真地想着。

章小茵感觉到自己开始暗恋罗春峰时,已经是下学期的事了。在上个学期里,由于章小茵的努力,她的语文成绩拿了个全级第一名,并且她的作文写得极好,得了个满分,这在建校以来的历史上还属于首次。这所有的功劳,学校归功于罗春峰,章小茵自然也感谢罗老师,因为是在他对自己的谆谆教导下,她才有今天的才思敏捷,才有今天的出口成章。

因此,有一种爱移向了另一种爱,这是一个艰难的过程,但章小茵却来了个跨越式的立定跳远,她不顾一切地向前冲,终于来到了那棵开着花的树的旁边。

在这个年龄的女生都是有心事的,章小茵的心事符合书中的逻辑,也庞杂得很,一会儿想外面的风景,一会儿想天上的流云,自然而然地,莫名其妙地,眼前闪现着一种奇异的目光,罗春峰有好几次走进了她的梦里,尽管她不停地做着挥打的动作,但有一种爱还是不可阻挠地来了。

这种爱渐渐地成了一种习惯,慢慢地从心里进到了身上,从脑子里跳到了脸上,写进了眼神里。

语文课上,她一改原来的勤学好问,总是默默地回避他的声音和脸庞,耳朵里也嗡嗡作响,好像有几千只蜜蜂,一股脑地跑到了自己的心里。整堂课,她无精打采,想入非非。

忽然,一个声音传来,章小茵同学,请你站起来回答问题,章小茵像一只垂头丧气的鸭子,又恢复了原来的内敛,她无法抬头,也不敢抬头,罗春峰的问题问得很简单,只是让她复述一下今天讲课的主要内容,这对于她来说简直是小菜一碟,但那天却例外得很,她什么也说不上来,只是不停地抹着眼泪，整个秋天都在为她而哭泣。

放学后，章小茵埋着头趴在课桌上，她没有走，她不想走，她不是那种爱服输的女孩，今天所丢的面子，她会用业余的时间找回来，她翻着今天的课本，努力地回想着今天讲课的内容，但无论如何，她还是想不起来一句话。

正在她苦思冥想时，一个熟悉的声音传来，章小茵同学，你还没走吗？章小茵看见的正是罗春峰有些消瘦的脸庞，章小茵尾随着他来到他的办公室。

屋子里很静，章小茵不敢抬头看这个只比她大四岁的男孩，最重要的是，她害怕自己的心事会迅速蔓延，两种目光相聚处，会产生另外一种无可名状的情愫。因此，她显得更加内向起来，罗春峰坐在她的对面，一个劲儿地擦自己的眼镜，也许对他来说，刚刚从学校毕业的他还没有处理过这类女生的问题，他在不停地想着，在找一种和谐的方式。

我只是想告诉你，你是班里的尖子生，明年就要参加高考，现在，你别无选择。只是几句简单的话，却让章小茵忽然委屈地哭起来，有些不知所以然地就哭了，她自己也不清楚其中的缘由。

罗春峰惊慌失措的样子，站起身来搓着手，后来把一方手绢递给章小茵，章小茵接过来，闻到一股茉莉花的清香，手绢的上面绣着一幅精美的图案，一个女子，正站在一棵树的旁边，树的上面开满了花，花团锦簇，五彩缤纷。

那晚走时，罗春峰把她送到了她家的门口，因为天已经很晚了，那晚，章小茵仔细地拿着手绢端详着，好像要在上面找到罗老师的秘密。突然间，在手绢的下面，她看到了一行娟秀的字体：赠给我的爱人罗春峰，愿他永远春风满怀，鹏程万里。

字体显然是一个女子用针线绣上去的，如此端庄、优雅，写的是赠给爱人，莫非是他的……章小茵不敢多想，只是一个劲儿地恨自己胡思乱想，怎么可能呢，一个才二十多一点的小伙子，怎么可能会有女朋友，是自己多虑了。那夜，章小茵把自己交给了梦想。

事情的猜测有时候正好与事实成正比。章小茵是语文课代表，每天需要把语文作业本交到罗春峰的办公室去，这已经成了她一年多的习惯。但是那天，走进他的办公室时，章小茵突然看见桌子前坐着一位年轻女子，桌子上面摆着大片大片的锦绣，她的手灵巧得很，随着手的不断移动，一件粉红色的毛衣正在成形。

章小茵看花了眼，猜不出其中的故事，这时，罗春峰走了进来，看见她，急忙招呼她坐下，并且给她介绍说这是清秀，他的家乡来的，会编织一手的好毛衣。

看到这里，章小茵忽然想到了手绢上的字体，她手中的作业无声地跌落在地，她的心事也一塌糊涂。

经过科学的证实，在近两个星期的缜密观察后，章小茵终于得知，那个叫作清秀的女孩是罗春峰的女朋友，并且两人已经在乡下订了婚，他们之间好像还有一段奇怪的爱情故事，那段故事章小茵不想知道，但她只想知道故事的结尾，究竟谁能被丘比特的神箭射中。

自此，一段原本属于章小茵的恋爱故事已经有了初步的结局，另一个女孩已经占领了她的领空，现在，她告诉自己，唯有努力地学习，考上自己理想的大学后，用实际行动证实自己的爱有多么深沉。她在默默地祝福自己，就像在嘱托一个遥不可及的梦。

一年后，章小茵考上了北京的一所大学，临行前，她偷偷地来到罗老师的窗边，把一封长长的信塞进他的办公室里，还有一幅美丽的画，画上有一个女孩正站在树下等待树开花。

四年的大学生活很快结束了,这期间,章小茵杜绝了所有男生的纠缠,她一心一意地学习,只为了能够圆一个属于自己的爱情梦。那封长长的信,一直锁在自己的内心深处,直到今天,四年的时光仍然无法冲淡对他的真挚感情,章小茵突然觉得自己悄悄长大了。

就在自己要回到家乡时,却突然收到了一封漂亮的请柬,请柬上邀请她去参加一个婚礼,就在自己就读的一中,风似风火似火的,章小茵紧赶慢赶到了目的地。

盛大的礼堂内,张灯结彩,婚礼的男女主角却正是罗春峰和清秀,章小茵像一片树叶,突然离开了树的怀抱,被无情地摔在了地上,她悲痛欲绝,无法理解为什么会事与愿违。

但一段司仪的道白却留住了她的步伐,司仪说:我要为大家讲一段爱情故事,故事的男女主人公恋爱了六年的时光,在这期间,他们互相抵住了来自社会上的各种压力,艰难地走到了一起。

虽然二人有着不同的文化背景,但共同的目标却使他们走到了一起。作为一个好女孩,她不顾自己的健康,六年如一日地照顾男友有病的母亲,把她当成自己的亲娘看待,并且她还默默地承受了家中的负担和债务,她用自己一双勤劳和智慧的手,打开了一条通向爱情的大门。

终于,她的真心感动了大家,也感动了男友的母亲,她一反原来的态度,而是大力支持他们的婚姻,男主人公也被这种真诚所感动,他们终于走到了一起,下面,我们有请故事的主人公,罗春峰老师和清秀小姐。

章小茵听着,呆呆地愣住了,在她看来,爱情不过是简简单单的两情相悦而已,现在看来,她已经错了,她没有考虑到爱情之外的另外一种感情,她的爱只是一场镜花水月、春花秋梦。她的眼泪没有流下来,相反地,她却在为他们的美满感到高兴。

那晚,章小茵打开了那枚精致的手绢,却忽然发现,原来盛开的那些花儿,已经消失得无影无踪,只有一个等花的女子,仍站在风中。

原来有些树,不是不会开花,只是不适合,或者错过了花开的年龄。

十里长街的凤凰花

十里长街就在前面，我的蜗居就在十里长街的旁边，因此，我一直以为，我的生命应该属于十里长街，当然包括我曾经一度受挫的爱情。

星期天，我总是把自己闲下来，沿着街走，捡那些没有人理睬的凤凰花，那些花儿，掉落满地，凋零得一塌糊涂，真的像极了女人伤心欲绝的心情，更像我。

但在有一周，我却失去了自己心爱的钱包，我两个月的工资在里面，我沿着街来回游荡着，当然这次，不为那些凤凰花，而是因我的饥寒和交迫。在几寻无果的情况下，我已经下定了决心，下个月只有喝西北风啦。

在朋友的帮助下，抱着仅存的幻想，我贴了一份寻物启事在街头，上面写着我的处境艰难和郁郁寡欢，结尾我写得楚楚可怜，我不为别的，只是希望拾到者能将我的银行卡还我，因为，我还有下一步的生活。当然，本小姐的电话缀在下面。

启事贴出去几天了，一直无人理解，就好像那些凋零满地随风飘散的凤凰花。

一个星期后的一天，我的小灵通突然间狂叫不止，我的心情也随之猛地振作起来，因为，这几天来，我已经是青黄不接。一个陌生的电话，我断定与我的钱财有关，因为我感觉这两天会有转机。

喂，你是哪个哥们儿，快点把我的救命钱给我吧，我可是青黄不接啦，拾到了应该给我说声嘛，不行的话，我可以分你点，你也太不够哥们儿义气啦！

我的激动一下子冲到了九霄云外，哪里还把自己当成淑女风范，那边是长久的无声，我接着歇斯底里，你是怎么回事？既然已经知道自己错啦，为啥不敢说话呀！

那边一个男子的声音：你凭什么知道我是给你送钱来的？

我回答本小姐有第六感觉，我就是知道，难道不是吗？

我接着说：在哪个地方见面接头吧，快说，别耽误宝贵的青春和时间。

三下五除二，凭着两次恋爱失败的亲历，我便打发了一个贪我便宜的男子，见面更不会客气的，谁叫他见钱眼开，本小姐已经是山穷水尽啦。再说启事已经贴出去许多天啦，连街边的狗也知道本小姐丢了钱财，你却视而不见，直到今天才与我通话联系，我是不会放过这种不负责任的男人的。

我打定了主意，准备给他来个下马威，好长长自己小姐的威风，面对男子，头三炮是最重要的，绝不能心慈手软，否则便会步步受气。

十里长街口，正是凤凰花翻飞的季节，我刻意打扮了自己，不能丢自己的面子。过来一位先生，我迎面走过去，我断定是他，因为声音和个头是成正比的，纯正的男中音，肯定个头不会太高，我冲着他大声吆喝：哎，你什么时候过来的？那人愣了一下，往后面瞅了瞅，见后面没人，我一下子觉得自己有些冒失，认错人啦，难免嘛，人都有激动的时候，我赶紧跑到了街边。

等了好长时间，凤凰花都有些不耐烦啦，黄昏也开始光临这条鲜艳无比的街。终于，他来了，就站在我的面前，他的清纯让我有些相形见绌，原先的所有热情在突然间消失殆尽，我很不好意思地装起淑女来，既然超女装不成，来个淑女风范又怎样，我收敛原先的大大咧咧，握手后，他从后面拿出一个钱包，很精致的，不像是我的。

对不起，你的钱包，我捡到时已经破裂了，我转了大半天，为你又买了一只，你的所有东西都在钱包里面，我没动，不信你可以点点，少了包赔。我被他的真诚感动了，我对他说：真的谢谢你，刚才电话里激动了点，请原谅。

我从内心深处好像欠了人家什么，本来吗，我的钱包丢了，人家送上门来，我却不依不饶，对人家在电话里大发脾气。

为了弥补我的过失，本小姐眼睛一转，计上心来：先生，天已经晚了，我请你吃饭吧，我们十里长街的火锅，很出名的。本来他是再三推辞的，架不住我的攻势猛，两三个回合，他便败下阵来。

十里长街的火锅在本市是有口皆碑的，许多人从远方专程坐车过来品尝。我们挑了一个隐蔽的地方坐下，交谈中，我才知道他叫马小苏，一个很女性化的名字，原先的设想与现实正好成了反比，我原先以为我的猜测是不会错误的，一个男中音，应该长得五大三粗，要多难看有多难看才行，而现在马小苏却是高高的个头，修长的身材，白白的脸庞，表情端庄，举止腼腆，一点也不如想象中那么遥远。

我痴痴地看他，好像是在欣赏一件艺术品，他被我看得不好意思啦，急忙叫服务员点菜，他点了蘑菇、青菜、红萝卜，我很是惊讶，竟然吃的方面也如我一样，我紧闭双唇，装作羞涩的表情，我忽然间觉得自己的样子很可笑，以前所有的场合，我也没有把自己打扮成这样的风采，但现在，当另一个爱情故事要发生时，我却发现自己真的有些不知所措，谁说的经过以后就会熟练，我是失恋两回了，却还一如春天的湖一样，波澜不惊，但稍微有一点风起，便会吹皱一池春水。

我们谈个人的爱好，说自己的工作，很投缘的感觉。

那个夜很长，他把我送回家，然后便消失在十里长街，我站在满街的凤凰花中，眼中忽然有异样的酸楚。难道又是一个可遇不可求的人吗？我有着淡淡的哀愁。

接下来几天，依然是日子如水。我忙得依然是焦头烂额，上班，下班，做饭，睡觉。只是在偶尔的时机里，我会想起几天前发生的故事来，两个相惜如水的年轻人，碰着头在一起吃浪漫的鸳鸯火锅，那仿佛只是梦中发生的故事。

思绪总是万千，我依然保留着那份沧桑和寂寞。闲暇时，我总想给他去个电话，不知为何，拿起的电话却被无数次莫名其妙的终止、放下，甚至有几次电话通了，里面传出了他浓厚的男中音，我却不敢声言，就这样已经足够了，不能厮守，能够每天听到他的声音，生命就已经够幸福了，我在心里面安慰自己。

又一个星期后，他却突然打电话给我，说上次不好意思，这次他要做东，请我去他那里吃火锅。我毫不犹豫、顺理成章地答应啦！

他的家与我这儿有两站路的距离，我甚至觉得自己应该走路过去，他家的窗户，我曾经无数次在外面徘徊过，他家的街边，也有着无数棵枝繁叶茂的凤凰树，上面依然结满香气怡人的凤凰花。

他给我说火锅的常识，这次，我觉得他与上次见时判若两人，他侃侃而谈，毫无原先的羞涩，相比之下，我却为自己的毫无准备而感到手足无措，早些时候，我曾经有过两本火锅方面的书籍，我还打算有时间的话好好研究一下，但现在已经为时已晚。

我的好强心也占据了上风，我也三言两语地胡说乱侃，东一捶西一棒，原本藏在身体里的野蛮性格也呼之欲出，管什么淑女风范，先落个嘴巴痛快再说，刚开始时，我还保持着小心翼翼，后来，没了规矩，就好像在家里一样，我们哈哈大笑，说社会，说百科，说一些乱七八糟的明星新闻。

忽然间，窗外的风儿俏皮地将一枝凤凰花吹落在我们桌前，我们相视无语，时间仿佛在刹那间凝固了，只有两个人，坐在岁月的中间，感受着风花雪月、浮想联翩。

又是好几天的焦躁不安，我已经习惯了这样那样的生活，爱情就像一片白云，曾经光临过我的窗口，但现在，我不知道它会飘到何方，因为，在暂时的相识里，我们只有隐含的情愫，没有人会告诉我们明天会怎样。

又一个星期后，这个时间的概念好像有些啰嗦，但我喜欢这样子来称呼，因为，离我们相识已经有两个月的光景，屈指算来，正好是八个星期的时光。他忽然打电话来，公司要委派他去一趟南方，时间大概两个月，我的心情一落千丈，我说，这与我好像没关系吧，你走你的，我还是我。他苦笑着，挂了电话，那边是长时间的忙音，我的心也掉到了悬崖深处。

我开始记我的爱情日记，就好像前两次一样，只不过前两次的爱情痛苦已经被化成了蝶，扔进了风里。拿起笔，我很想记下自己的感受，纸上却依然空白。最后，我只在纸上写着：马小苏，我想你了。

第二天，还是如此，一个月的时间，偌大的笔记本上，我只是写着同样的一句话：

马小苏，我想你了；

马小苏，我想你了；

马小苏，我想你了。

马小苏仍在梦里，我不知自己为何陷得如此深，爱情来时不明不白，没有打招呼，走时，仍然蹑手蹑脚。就这样结束了吗，为什么自己没有主动的勇气去面对他的电话，为什么在暂别时，自己没有去送他，难道就是自己的韧性在作怪，我狠狠掐着自己的脸，好让疼痛从脑子走出些，然后布满整个身心。

马小苏却在一个月后，突然出现在我的面前，我大惊失色，好像在做梦一样，我问他：你怎么回来啦，不是没到期吗？

他的回答令我头晕目眩：我实在忍无可忍了，我想你，我不能欺骗自己。

我问他：你怎么想我，在哪个地方想我？他拍拍头：在这里呀，还有胳膊、心，还有整个身体都在想你。

他把一束叠好的凤凰花环戴在我的头上，到此时我才知晓，原来凤凰花是可以叠起来当爱情信物用的，亏我一直自诩门前的凤凰花多，却一个个浪费在泥土里。

我要证据，你在哪个地方留下了想我的证据，我不依不饶，他轻轻摘下凤凰花环，打开花朵，一朵朵，上面写着：

十月五号，苏苏想莹莹啦；

十月六号，苏苏想莹莹啦；

十月七号，苏苏想莹莹啦；

十月二十号，苏苏想莹莹啦；

……

此时此刻，十里长街的凤凰花分外妖娆，我看着自己的爱情走进幸福的大门里，然后，伸出手，我把门关得死死的，并且上了锁，真的，我害怕爱情会被风卷走啦！

"谋划"爱情

(1)

24岁那年的冬天，一向坚强的我终于被没有爱的痛苦折磨到了悲伤的边缘，几乎是在一夜之间，这个城市的所有盛开的花告诉我，我是该好好爱一场的时候了，但那年，我境况不佳。

我曾经有过两次奇怪的恋爱，说是奇怪，主要是像秋风扫落叶一样，两场爱情过后，我手里什么也没有留下，只是留下两张女孩的单身照，我把它们挂在墙的一角，让它们能够时刻提醒我，恋爱尚未成功，我仍需坚持不懈地努力，但那一年的冬天，我感觉我的爱事快要降临了。

只是一个远的不能再远的朋友住院了，我也是从生活的间隙中偶尔听到了关于他的消息，原本不想去看他的，但毕竟朋友一场，想着他在异乡孤苦伶仃的，老婆带着女儿远嫁了他乡，出于同情心，我手里提着比平常多一倍的香蕉进了那家医院。

医院的病房门口，我看到了一个美貌如花的护士，她正托着一只大盘子，准备进入电梯的门口，我原本是要下电梯的，出于怜香惜玉的本性，我没有下来，而是轻轻将电梯的门打开，很友好地示意她进去，她说了声谢谢，便进入了电梯。

我们咫尺之遥，我近得能够听见她的呼吸声，我甚至可以联想到自己面部奇怪的表情，在那些尚未成熟的表情里，我知道自己是如此渴望一场有些像足球赛一样的爱情，我会拼命地跑，哪怕跌倒在绿茵场上也在所不惜。

(2)

看完朋友出来时，我的目光集中在所有穿白大褂的护士身上，我甚至将自己的眼睛拼命睁大，害怕错过那种熟悉的目光。

我看着她准备上电梯的同时，电梯却突然停止了运转，我看到显示器上写着仍然停在十楼的号码，我拼命地跑上了九楼，终于，如愿以偿地截获了电梯，我站在电梯里面，突然想着，如果可以为她当一辈子电梯手，恐怕也是一种浪漫的感受吧。

门开了，她和一大帮的人一起挤了进来，我故作熟练地指挥着，我说，大家小心着这位护士小姐，她手里拿着药呢？我们的目光撞了撞，她突然问我，你不是在二号电梯吗？怎么又跑进一号了，我心里只想回答她，只要你出现在哪个电梯里，我就会像跟屁虫一样跟着你的。

我转了一圈，无事可做，心里想着闲着也是闲着，我便又回到了同学的病房里，朋友正在看书，见我又回来了，便吃惊地问我，你小子，怎么又杀回来了，丢东西了。

我点点头，丢东西了，丢了魂在这儿啦！

正说着，主治医生过来了，我们在四眼相对的一刹那，我忽然惊喜地叫了起来，原来是初中的同学林斌，我说你怎么在这里呢？他说是呀，能够在此地遇到故人，真是三生有幸呀？

我们乱侃了一番，正说着，刚才电梯里相遇的小护士进来了，她原来是朋友的监护，她看到我，奇怪地问道，你不是看电梯的吗？怎么脱离工作岗位啦！

我赶紧说是的，我回去，临走时，我看了看她的胸牌，上面写着王君的字样。

(3)

我第二天仍然过来看朋友，朋友说我够义气，同时还忍不住流下了感动的泪水，他不知我的真实目的所在，我也就落个顺水人情，我说一来看你，二来呢找主治医生的同学林斌聊聊，人好歹也会有三长两短的，所以工作需要做到事前才好。

我借故到医护办公室问朋友病情，其实我是去那里探听虚实，那个小护士王君正坐在林斌的旁边认真地做着记录，他们一会儿交谈着，一会儿很认真地埋头记录着，可以看出来，他们配合得很好。

我的出现打破了一时的静寂，林斌站起来与我握手，然后给我和王君做了介绍，王君不好意思地说，我以为你是个看电梯的，不好意思。林斌说你们认识呀。我讲了电梯上的遭遇，他笑着说，不知者不怪吗？这可是位高才生，平时诡计多得是。

林斌有事出去了，我问王君有关朋友的病情，听病情是假，其实我是在用心灵录下她动听的声音，以至于人家讲完了，我还不停地嗯嗯地点着头，种种心不在焉的迹象被林斌的双眼一览无余，他摁下眼睛的快门，将我言不由衷的证据掌握在自己的手中。

但没过多久，朋友出院了，虽然我还是过来帮助他办理了出院的手续，但我和王君短暂的相处很快就要过去了，这世上并不存在闪电般的爱情故事，那只是梦里一些好梦者留下的手记罢了,我是活在现实里的一个生手,没有人会将自己的爱情以雷鸣般的速度送给一个自己本不太熟悉的人,特别是一个像我这样郁郁寡欢的男人。

我无聊了好些天,试图通过以前恋爱失败的亲历使自己迅速地摆脱爱情的困扰,但一切的努力都是徒劳的,我开始暗恋这个叫作王君的女孩。

(4)

我开始以各种方式请林斌吃饭,在一次酒后,他一把握住了我的手,对我说,我实在受不了了,你有什么事就直说吧,你小子惯用伎俩,这世上没有白白相送的晚餐的。

我痛不欲生地向他吐露了心中的芬芳,这只是酒后的话语,如果没有喝酒,就是给我一百个胆子我也不敢做这样的独白的。

他眉头紧皱着,等我说完了,他考虑了半天工夫,好像是在给我想计策,最后,他突然说,我们医院执行的是成本核算制度,为了替王君完成任务,我想的话你必须住院了,这样,你既可以接近她,又可能无形中帮助她完成本月的任务,她会感激你的。

我想了想,可我没病呀。

生病这种事还真是不禁念叨,周末的一天,正在上班的我突然感到头昏脑涨的,同事拨打了120急救,我被拉到了急救中心,急救中心很快将我转到了市医院,林斌正在电梯口等我,我的呼吸十分急促,王君看到是我躺在病床上,十分焦急地问林斌,他怎么了,前几天不还好好的吗?怎么突然病了。

林斌示意她不要说话,把我推到了急救室,一阵忙活过后,一种种液体推进了我的身体里。

醒来时，王君正在给我输液体，我感到手疼得厉害，她说，你醒了，不要紧的，你放心好了，你已经进入安全期了。

(5)

入院的第一天下午，我便能够像平常人一样跑到地面上了，她走过来，吃惊地望着我，说你怎么下地了，医生说了你不可以下地的。

她给我量体温，我看着她的眼睛，同时还故意地问她辛苦不辛苦，每天上几个小时的班，等等。她很认真地解答着，好像一个护士在进行病人的病情汇报。

我时常让病房的门大开着，因为医护办公室就在我病房的对面，她就坐在门口的位置上，我能够时刻关注她的一举一动。

有一次，她一个人趴在桌子上睡着了，我进入她的办公室时，听见一阵阵的响声，原来是壶里的开水滚开了，我过去拔插销，可插销无论如何也拔不下来，急得我一头的汗，后来，我想着先掀开壶盖，等水稍微冷一下再想别的办法，我没有任何思想准备，只想着做件好事，可没想到让开水烧了手，我"呀"的一声后，她醒了过来，然后跳了起来。

她说，这个插销有问题，每次都必须先关掉总闸才敢拔的。她看到烧到我的手了，便赶紧从箱子里取出绷带来，给我做细致的包扎。

看到她细心的样子，我想被烫一下也值了。

过了一个星期，我们已经成了熟人，她每次到我房间的机会也最多，我每次都在找机会接近她，试着通过自己的努力让她能够明白我的一点点意思。

下个星期，林斌跑了过来，对我说，实在不能再拖着不让你出院了，你必须马上解决问题，不能再等了。

(6)

通牒给我下发的第二天上午，我在电梯口正好碰到了下去取饭的王君，我想着一会儿单独找她聊会儿，好借机向她表白我内心的爱情，也不枉自己苦苦的"阴谋"追求。

我问她打饭了，她说是的，我说给谁打的，两份吧。

她说，林医生，他胃不好，所以我要亲自去打才放心。

她的话使我突然惴惴不安，想到平日里两个人的默契，我总想着他们有什么事在瞒着我，现在，我终于明白了，原来她的眼里只有林医生，而我呢，只是她生命里的一个匆匆过客而已，原来到嘴边的话我又咽了下去。

我隔着门缝向他们那里望去，我看到王君很认真地将饭放在林斌面前，还给林斌打了一杯开水，然后将饭碗里的一些好菜全部拨到他的碗里，这一系列亲昵的动作只有我这个当事人才能看懂，一时间，我的心全乱了。

我想这只不过是一场春花秋月而已，生命原本是要不断地受伤并且不断复原的过程，看来，这一次，我又输了。

我开始恨林斌，这个家伙，明知道我在追王君，我还把他当成哥们儿，如果他早就跟王君有意思，干吗不明说。

(7)

我三下五除二结完了账，几乎头也不回地回到了家中，将自己的手机关机，座机线拔掉后，我蒙上被子大哭一场，然后醒来后喝酒，喝完后重新睡觉，也许只有这样作践自己，才能使我忘掉一时的失意。

我是被一阵砸门声惊醒的，当时我的酒尚未完全苏醒，我弯着头前去开

229

门，门开了，林斌一下子抓住我的脖子，你小子，不是明着耍人吗？让我给你牵线，差不多了，却连个人影都找不着了，你让我妹妹怎么办，她现在几乎成了神经病，整天茶不思饭不想的，眼前老是你的影子。

我听得稀里糊涂的，我忙问，什么妹妹的，你妹妹是谁呀？

你不知道呀，王君呀，她是我的亲妹妹，我随我父姓，她随我母姓，知道了吧，你小子呀，我知道你离开的理由了，看来你天生是个疑心狂。

我的天哪，我几乎门都没锁一个箭步从七楼蹦到了一楼，我打开手机，对方却是拼命的占线声，我不停地打，那里却还是占线。

我跑到医院时，看到王君正站在太阳底下拼命地摁电话，一边摁还一边到处张望着，我跑了过去，拥抱住了她。

她一下子推开了我，对我说，如果想与我谈恋爱，你必须答应我两个条件。

好家伙，还要有条件，我说你说，没关系的，什么都可以。

她撅着嘴说，第一，你不准说不爱我，第二，你不准老是占线或者关机，让我打不进去。

我醒悟了半天后方咀嚼出爱情的味道来，我们的拥抱继续进行，估计要持续一整个世纪。

错把流年暗偷换

(1) 顾小月的崭露锋芒

夹道欢迎的人群,满眼的鲜花,众心捧月般的我走在人群中间,我甚至听到了远处传来的喝彩声,他们简直把我当成了一级英雄。我的怀里装着一个至高无上的荣誉,因为本公子刚刚获得了省数学奥林匹克比赛的冠军。

甚至还有女生高声吆喝着我的名字:古青年同学,我爱你,你太可爱了。

我的灵魂升华到了极点。

顾小月正挤在人群中不停地看着我,我对她依然不屑一顾,我们是死对头,也是我挤掉了她参加省数学奥林匹克的资格。此时的她,满脸哭笑不得地摊着双手望着我,好像在等待我将自己满腹的才华悄悄地送进她那温暖如春的怀抱,但我没有在意她的存在,轻轻绕过去,慢慢绕过来。

我站在千人的礼堂上,不停地用手指擦眼镜片。也许是灰尘落了上去,阻碍了我的发挥,也许是顾小月对我的才华施了诅咒,我今天的演讲一开始便遇到了重重困难,先是麦克风出现问题,我不得不提高了音量,说得口干舌燥的,后面还有同学听不清楚,非让我重复一下学习的经验。

此时此刻,我最缺乏的是一杯香甜可口的冰水,但组织者居然让我出尽了洋相,虽然我将自己的分贝提到了最高级别,但依然无法满足大家的要求,直到顾小月匆匆忙忙地跑了过来，将一个无线话筒塞到我喋喋不休的嘴巴前。

(2) 古青年的败笔

我简直成了数学界的权威，没有我解决不了的难题，顾小月也毕恭毕敬的样子，遇到自己不会的问题，便会像枚磁铁一样地粘过来。她开始给我捎各式各样的小点心，也许是为了得到我的宠爱吧，我无所顾忌地尽情享受着这种最高礼遇。

我每周总要在全级的班里走上一遭，因为我要向大家展示一下我的才华，这也是学校的特殊安排，也可以叫作"古青年周"吧，我给自己这样的机遇起了一个好听的名字。

那日，正巧路遇顾小月的班级，她是班里数学的佼佼者，数学老师阴阳怪气给出了一道比奥赛还要难的题目。我一时间有些思路不清晰，心里想着也许这道题出错了，后来解题时确定确实是出错了题，但我毕竟不是一个普通的学生，如果告诉老师这道题出得有问题，何以显现我的特殊智慧和才华，我故弄玄虚、故作聪明地利用六级方程七级方程的超前思维解决这个问题。

许多人看得云里雾里，顾小月左顾右盼着，不时地向我使眼色，当我的目光完整无误地将她的目光接纳时，我分明看到她的眼里藏满了焦急，这个女孩子，一遇到困难便会故步自封，太小看我的个人才能啦。

我忙了个不亦乐乎，解了个天花乱坠，台上台下汗流如雨，我的心中也是七上八下。

但最终的结局却是，数学老师绕过来了那张像烂苹果一样的脸，疑惑地看着我的解题过程和答案，他显然是被我的才能征服了，一会儿点头默许，一会儿摇头叹息。

顾小月的声音在整座教室里回荡开来，好像那枚烂苹果掉进水缸里：老师，您这道题抄错了，分明是分母上少写了一位数，这样子，整道题就无解啦。

　　我的那个天哟，头一次，我感觉芒刺在背，我自以为是的结果是刹那间我声名狼藉，大家纷纷传说着这样的一个无版本无开头有结尾的故事：一位妙龄女生救了天才少年。

(3) 古青年和顾小月的伤悲

　　全国奥赛的消息闹得学校满城风雨，各个班级都瞄准了目标奋发努力。我和顾小月显然是最大的竞争者，我们一路过关斩将地将各个对手杀了个片甲不留，将自己推向了省复赛的位置上，全省只能参加十人，无异于对参加的一百名学生来说，大家人人都有机会，但人人自危。

　　顾小月甚至牺牲了所有的休息时间，包括礼拜天，我很少见到她，只是偶尔有一次出去散步时，看到她疲惫不堪的身影，那时的她，脸色枯黄，她明显瘦了，像极了春天田野里的油菜花。为了各自的前程，我们不得不做着最后的冲击和努力，生命也许就像一只奋力行驶的大船，没有人愿意停下来稍作停留，原本，年华就是一道无法圆满的伤。

　　顾小月作弊的消息瞬间传遍了整座校园，她自然而然地失去了参加下一轮全国比赛的资格，而我呢，由于受她的影响，也同样以失败而告终。

　　有老师传出这样的消息：顾小月的怀里掉出一枚纸团，上面写满了数学公式，坐在她后面的古青年明显受了影响，他的情绪自此一直处于波动状态，一会儿满头大汗，一会儿将眼镜摘下来，不停地用手擦着镜片。

　　没有人知道顾小月去了什么地方？我与她的分别也以一双手套作为纪念品而告终，她说她要走了，永远地离开这座城市，离开所有认识她的人，我说你不要难受，失败是难免的，也许是苍天弄人吧。

她无语，苦笑：手套送你，做个纪念吧，你的手冬天经常会冻烂，看见手套就会想起我。

我努力地点头，她转身走了好远，突然回过头来对我说道：手套的英语你会说吗？

我摇头，我的英语本来就不好。

她转身消失在闹市里，车如流水马如龙。

(4) 有一杯水叫月，有一种镜叫花

时间无情地过了整整三年，我闲坐在自家的阳台上看缕缕阳光穿透潮湿的心事，妹妹在身后叫我：哥，你知道手套的英语怎么说吗？

同样的问题蓦然回响在我的耳畔，好些年前，那个叫顾小月的女生也以同样的问题结束了我们之间的交往，我随口说道：不清楚，你考我呀，我的英语本来就不好。

还是大一的学生呢，你的手套上就有这个字母的，是 Glove——Give love，知道了吧，就是给你我的爱的意思，这个手套怪有意思，是哪位漂亮的准备作为我嫂子的女生送的吧。

时间的无情与现实的岁月发生着激烈的冲撞，仿佛有一头受伤的小鹿愤怒地拽着我，让我一直向回走。我仿佛又回到了那个如此清纯、如此美丽的夏日午后，顾小月不顾一切地回过头冲着我大声喊着：你知道手套的英语怎么写吗？那个傻傻的我真实得不含一点浪漫成分的回答让三年的时光瞬间掩藏，一切如云烟过眼。

我是那个值得她用尽一生思念的人吗？我是那个忌妒她的才能害怕她超

越自己的光环而将一个纸团扔向她所在位置的人吗？我是那个看到她被老师当即宣布取消资格后汗流浃背的人吗？岁月无情地捉弄了我，让我用尽一生怅惘。

剪碎多余的爱情之裳

(1)

开始时,我总觉得认识了林青平是我幸福的开端,他是个极负责任的男人,不仅喜欢把我揽在怀里,听凭我在爱情的海洋里无限制地撒娇,更重要的是,我一直在主宰着他,包括整个家庭的将来,可以这样说,我是未来家庭的主人。

春天的傍晚,月亮升起来时,林青平在林间的羊肠小道上等我,我一直不出现,是躲在树的后面考验着他的耐性,书上说,一个没有耐性的男人是一个靠不住的男人,他开始时,还悠闲自得的样子,一会儿哼着歌曲,一会儿仰起头来看天,过了约会时间十分钟后,他的毛病便暴露无遗,一会儿低头看表,一会儿嘴里面啰里啰唆,好像是在说我有明显迟到的意味。

我心里十分在意,感觉这个家伙的耐性在我心里面顶多能打个五十分,终于,我还是忍不住了,他把表放在我的眼睛前方,让我借着月光看表,嘴上没说,心里头一定在抱怨我,我不管三七二十一,上前便训斥他:我才迟到一会儿,你就受不了啦,我看我们也没什么后戏啦。

他把头摇得像拨浪鼓:我哪里敢呀,只不过,我心里焦急得很,害怕你有什么事,因为这一带不太安全。

只是一句简单的话，却瞬间冰释了我原先心中的所有间隙，从那时起，从那句话起，我就觉得我应该嫁给他了。

谈婚论嫁后，我们便步入了婚姻的殿堂，从那晚起，我们分别从男孩和女孩变成了男人和女人，这是个必然的过程，只是这个时刻来得有些幸福和浪漫罢了。

(2)

本来婚姻总该和平相处的，就像一个国家与另一个国家一样，所有的相处是需要详尽的原则的，爱情与生活大概也是如此；甜蜜的日子没过几个月，便有一丝波澜开始在生活里荡漾起水花。

他原先的忍耐和大度跑到了九霄云外，总喜欢说些让人家哭笑不得却又模棱两可的话题，这很引起我的反感，尤其是过日子方面，他更是婆婆妈妈得很，倒像是一个妇人，有时候，真受不了啦，我便用手捂住耳朵，就当是有风儿吹过脸孔一样，没什么感觉，看来，在举家过日子方面，我还处于被动的地位，这也许是我的个性决定的。

有一天，有一件事情闹大啦，那是一个意外的情况，我的背包里，不知哪位同事不小心，把一张男孩的照片放了进去，回家时，不小心，便掉了下来，他抓了个正着，问我是怎么回事？我不知该如何向他解释，正在犹豫间，他已经醋意大发，说我有了外遇，现在人都流行这个，只是觉得有些太快了，我说你无中生有，我不是那种人，他说是不是那种人你自己看自己做的吧。

他不依不饶的样子使我很反感，从那时起，我便发誓永远不要再理解这个小肚饥肠的男人，我索性搬出了家，带走了自己贴身的一些衣服。

我来到同事家里，在那里暂时住了下来，同事听说了我的遭遇，替我鸣不平，她说现在的男人都怎么啦，就兴他们外面彩旗飘飘，就不许别人有一点的风吹草动，我苦笑，说她也太现代了吧。

(3)

在离开林青平的一个星期后，我在一次酒会上遇到了一个男人，他风度翩翩，有些江南才子的风范，同事给我介绍说，他叫祖忠，南方人，一个酒吧的老板，除了有钱外，便是有事业心，那晚，我们的目光相碰之处，产生了一种绝处逢生的欣喜。

我照常上我的班，只是有时候总会惦记起那个负心的男人林青平，说句实话，两年的恋爱经历是不会白白浪费掉的，他到底在我心里头还占有很大的空间，我在寂寞时总会想他，虽然他一个礼拜没有来找过我。

手机响了，却是祖忠，他约我和同事去他的酒吧做客，我不想去，说身体懒得很，同事却说你别找莫须有的理由，人家可是对你真心的，特意摆宴是为了请你，我可是沾了你的光呢？我觉得有些奇怪，她说到了你就知道啦！

他的酒吧里，一张桌子前，我们三个团团围坐着，三杯红酒，屋子里到处都是都市浓厚的馨香。

他先说话：能遇到荆小姐，实在是三生有幸，我有一个小小的请求，听说荆小姐是个老师，我想请您晚上到我家里辅导我儿子的功课。

我猛地笑了一下，又震了一下，你有儿子吗，看起来你还挺年轻的，他叹口气说：见笑了，不是我的亲儿子，是捡来的，那年去进香，和我的母亲一道，路上听见婴儿的哭声，我母亲发了善心，非要把一个孩子抱回家，我也喜欢得不得了，从此便未婚先有子啦！

他的话语打消了我原先的顾虑，我们的气氛很融洽，那晚，梦里我梦见了一颗星星，落在我枕边，尽是繁华。

(4)

　　我去他家报到，他破例回了家，他的儿子很机灵的样子，我心里在想着也许他的生父母知道状况会后悔的，我列了个简单的课程表，把它贴在他儿子的小屋里。

　　我们讲课开始了，他也跑前跑后地瞎忙活着，好像变成了一个小老师的样子，看他跑来跑去的样子，我不禁哈哈大笑，我对咪咪说，你看你爸爸为了你多操心。咪咪很乖地喊着爸爸，我对他说：如果你学教师专业，肯定会很合格的，因为你有一颗童心和善心。

　　已经很晚了，我的第一节课结束了，他用车送我，我说不用了，我骑车过来的，他坚持着，说夜深了一个女人上街不安全，我推辞不掉，便坐上了他的车子，自然，我原先的自行车便丢在他的家里。

　　街道上已经没有多少人，我突然发现自己今晚太投入了，以至于错过了回家的时间，本来是要十点钟结束的，现在，却已经到了零点时分。

　　他提出了要求，为了感谢我，要请我吃火锅，我说算了吧，回去不能太晚了，况且小静还等着呢，小静是我同事的名字，他想了想，拿起了手机，那边是小静的声音，他告诉她，我在这边有些事情，回去可能晚些，不用等我。

　　没办法，人家把后路都给堵住了，盛情难却，我们进入了一家名字为"时尚情侣"的火锅店，他不好意思地笑笑：冒犯了，这家店可笑得很，只对情侣开放，如果不是，人家不让进的，所以刚才失礼啦！

(5)

他预支了我半年的薪水,说是为了鼓励我和感谢我,我没有推辞,这是我的合法劳动所得。

一个月后的一个夜晚,我准备要走时,天却突然下起了大雪,雪下得很大,瞬间便挡住了回家的所有路途,我苦恼得很,他正好在家里,见我愁眉苦脸的样子,便说如果不嫌弃的话,今晚可以留宿在我家,我家的房间多,不要紧的。

那晚我很晚才睡,我没有早睡的习惯,我睡的是他儿子的房间,而咪咪被他抱到了另外一个房间里,躺在床上,我胡思乱想,想那个不负责任的叫作林青平的男人,除了一个电话外,两个月来,我们之间算是音信全无,仅有一次的电话,也是敷衍塞责。

一个人待在房里,我害怕得很,这主要与我的天生胆小有关,我不喜欢一个人睡,尤其是在一个陌生的环境里,在这种氛围里,我觉得自己就像一只昆虫,被关在一个棺材盒里,没有空气,没有星光,只有孤独在作祟。

做了一个噩梦,自己变成了一只小青虫,撞在蜘蛛网上,一只大蜘蛛过来咬我,我拼命挣扎,却无能为力,我大声哭着喊着,喊能够救我的人。

醒来时,却是南柯一梦,我通身是汗,而他,正坐在我的床边,我正躺在他的怀里,我不知所措,心惊得很,为刚才的梦,也为眼前的事实。

也许是过于害怕,或者是心灵凄凉,我一下子扑到他的怀里,眼泪淹没了自己心灵的底线,他把我抱在怀里,一个劲儿地哄我,像是一个老师在哄一个受过伤的孩子。

迷迷糊糊地,我又要睡着了,梦境中感觉有一丝温暖压在我的嘴唇上,我感觉有些熟悉，又有些陌生，我猛地惊醒，他一脸惊惶地站在我的面前，好像一个做了错事的孩子。

(6)

我喜欢上了他，就像当初喜欢林青平一样，不需要任何的理由，我不是喜欢他的钱财，只是觉得他这个人实在，他的臂膀也许是我多年寻找的希望。

我们不停地来往，我也不停地向他家里跑，老师的名分成了我们之间感情交流的唯一借口，但是，我喜欢这样子，这是感情之需。

就在我的感情日上三竿时，林青平却突然来找我，他说他知道错了，这期间他去了南方打工，本是想挣钱来养活我，谁知外面的世界没有想象的那么精彩，他上了当受了骗，原先带来的几千元也打了水漂，现在他已经是一穷二白。

我告诉他，你是你，我是我，我们之间已经没有太多的关系，就像两个陌生人一样，他跪在地上求我，我对他说，你不就是没钱吗，我可以给你，家里原先的东西也都是你的，我给了他5000元钱，这是我三个月的补课工资。

他坚持不走，我别无他法，便让人叫来小区的保安，保安把他拉出了门外。

那晚出去时，我看见他衣衫不整地跪在小区的门口，一帮人围着他，有人劝他说：小伙子，别太执着了，感情就是这么回事，她已经给你钱啦，赶快走吧，天涯何处无芳草呀。

他大声说：不，我不会走的，我已经知道错了，她为什么还不原谅我，在那个异乡的城市，在我心灵受到伤害时，我在梦里梦见的仍是她的影子，我错了，我原先的崇高和伟大都是在骗自己，我是真的离不开她。

那晚下了很大的雨，小静对我说，这样子太残忍了吧，我也是焦虑万分，便让小静拿了件雨衣送给他,他却不肯穿,除非我出去见他,我咬了咬牙,原来自己的内心深处却是如此脆弱,它真的经不起岁月的推敲,我到了门口,他见了我,给我跪下,我分不清脸上是雨水还是泪水。

(7)

我打发他回家后的第二天,却突然接到了祖忠的电话,他向我求婚,说要在今年的春节结婚,我不知如何是好,一边是自己的旧爱,而他已经在自己的心底留下了深深的创伤和烙印,他孤独无助,需要一个会体贴的人去温暖、去抚慰;而另一边,是自己的新欢,自己新长出的感情之芽,有一半都在为他而生、为他而长。

我举棋不定时,却突然接到了林青平母亲的电话,说林青平有病住了医院,医生正在做检验,顾不了许多啦,我打的去了医院,到时,他却正在昏迷中,询问医生,医生却说他的病有些重,他的胃出了血,可能是受了风寒,或者喝太多的酒所致,现在还没有脱离危险期,我的心悲伤到了极点,心里突然觉得对不起他,也许是自己太无情了,为了自己的幸福,竟然忘掉了原先的旧日感情。

终于,他醒了,脱离了危险期,看到我时,他拼命地拉着我的手,眼里有泪光浮现,他说不出话,却突然从口袋里掏出个小包,从小包里拿出一枚戒指,纸上有一行字:戒指是从广州带来的,是我花了一个月的工资买的,虽然我没有太多的钱,但是我知道我欠荆晶的太多,我会用一生去补偿的。

那一刻,我所有的虚荣心被面前这个男人的淳朴消融得一干二净,我已经在内心做出了决定,恢复原来的生活方式,虽然没有太多的富贵,但有这么一次绝处逢生的感情之恋,值了。

我婉拒了祖忠的结婚请求,并且退还了他所有多余的礼物,我对他说,你不值得为我付出太多,你有良好的家世和教育,你会找到一个比我强百倍的女人,说完,我信心百倍地回了家。

是谁说的,爱情就是一件在风中摇摆的衣裳,一个人一生中只能拥有一次,就已经够刻骨铭心了,但衣裳是用来穿的,不是用来看的。我们每个人只能拥有一件爱情之裳,原来所拥有的一切都会随着时间的延伸和年轮的增长而消失得无影踪,如果你不幸同时拥有了两套华丽的衣裳,就请你把其中的一件抛在风中,让风儿吹跑它,让阳光晒干它,让剪刀碎了它。